林家木久扇
バカの天才まくら集

林家木久扇［著］

竹書房文庫

目次

はじめに

林家木久扇

ブタの夫婦がのんびりと　畑で昼寝をしてたとさ
夫のブタが目をさまし　女房のブタにいったとさ
いま見た夢はこわい夢　オレとおまえが殺されて
こんがりカツにあげられて　みんなに食われた夢を見た
女房のブタが驚いて　あたりのようすを見るなれば
いままでねていたその場所は　キャベツ畑であったとさ

歌笑純情詩集より『豚の夫婦』

昭和二十二年、まだ小学四年生だった私は、ラジオから流れてくるＮＨＫの放送演芸会の三遊亭歌笑の新作落語に衝撃をうけた。何という調子の良さ（七・五調だった）、何という新しい笑い。そしてソフトなその声の心地良さ。

顔が面白くて、声の良い喜劇人は必ず売れると後に知るが、渥美清、三木のり平、三波伸介……など皆そうだったし、『笑点』の司会者だった先代三遊亭圓楽の声も聞き易かった。

そして三遊亭歌笑の落語には、当時のヒット曲、ウマイ歌が入るのだから子供にはたまらない。私は夢中になって歌笑の放送を追いかけたが、まだ民間放送のない時代、そうのべつ歌笑の落語が聞ける訳がない。したがって必死に聞いては憶え、学校の休み時間にクラスの友達に得意になって聞かせていた。

私はその頃古今亭志ん生も、桂文楽も知らない子供でした。

私の落語のマクラは、そんな原点から出発しているから、判り易く、面白く、既製のもの、教わった古典のマクラ等一切使わない。自身が面白いと思ってやってきた体験レポートや、自分が起こした事件簿の数々など、身にしみているから何処からも語れるし、数字や、場所、人の名前とかも、スラスラと出てくる。

噺を創るということが、いつも頭にあれば、渡る人生を面白がって、高座で報告出来ると思うのです。

私がいつも弟子達に言っているのは、本当のコトを脚色すればいちばん面白いんだということ！　そして自分と違った体験をしている芸人のとんでる噺がお客にはいちばんのダイゴ味では！

編集部よりのおことわり

◆本書は「まくら」を書籍にするにあたり、文章としての読みやすさを考慮して、全編にわたり新たに加筆修正いたしました。

◆本書に登場する実在の人物名・団体名については、著者・林家木久扇に確認の上、一部を編集部の責任において修正しております。予めご了承ください。

◆本書の中で使用される言葉の中には、今日の人権擁護の見地に照らして不当・不適切と思われる語句や表現が用いられている箇所がございますが、差別を助長する意図をもって使用された表現ではないこと、また、古典落語の演者である林家木久扇の世界観及び伝統芸能のオリジナル性を活写する上で、これらの言葉の使用は認めざるをえなかったことを鑑みて、一部を編集部の責任において改めるにとどめております。

ラーメンは、人類を救う!?

一九八二年六月十七日　イイノホール
にっかん飛切落語会『湯屋番』のまくら

どうも、ありがとうございます。

え〜、「ラーメンは人類をすくう」と申します（笑）。全国ラーメン党の会長でございます。で、よく訊かれるんです。

「本当にラーメンって、人類をすくうのですか？」

あの、……ちょっと意味が違うんです。あのぅ、本当はもっと長い、つまり、「ラーメンのスープは、人類が掬《すく》う」という（爆笑）、……これじゃスローガンとしては長すぎるんで、「ラーメンは人類をすくう」（笑）。

他にも、我が党としましては、たくさんスローガンがございます。

「麺類《めんるい》、みな兄弟」（笑）

とかね。何だか聞いたような……（笑）。で、あたくしは、今、一応、ラーメン党の会長ということになっております。これは、あのぅ、出来ましたキッカケというのが、昨年（昭和五十六年）の十二月あたくしが『なるほどザ・ラーメン』という本を出しましてね（笑）。で、本を一冊出版《だ》すのは、たいへんなんですよ。あれは新書版でございましたから、四百字詰めの原稿用紙で二百六十枚ぐらいの原稿を書きました。で、渡して、（よかったなぁ）とホッとしておりましたら、「原稿が、足りない」って言うんです。「あと三枚書いてください。後ろのページが一枚白紙になっちゃう」。いやぁ、もう、脳漿《のうしょう》を全部絞って出しちゃったから、もう、書くことが無い。ネギの選び方ね。割り箸はどこに注文したらいいか？　丼《どんぶり》は、どこのが良いのかとか（笑）。もう、細かいことを全部書いた。ラーメン小噺なんてぇのも、ずいぶん載せているんです。

「いらっしゃいませ、カトリックの方ですか？」

「イエス」

「何を召し上がります」

「ラ（ア）ーメン」

なんてね（笑）。あんまりウケないけど、もっと面白いのもあるんですよ。

「布施明《ふせあきら》さんは、ラーメンお好きですか？」

「ええ、あたくし大好きです」

「奥さまはイギリスの方ですねぇ。オリビアさんは、ラーメンなんか召し上がらないでしょう？」

「食べますよ、大好きですから」

「はぁ、……やっぱり向こうの方ですから、フォークかなんかで召し上がるでしょう？」

「いいえ。オリビア・箸（ハッシー）」

なんて（笑）。これは、ウケないでしょ？　これはね（爆笑）。でも、活字だと面白いんです。こういうのたくさん載せましてね。で、つまり、頭を絞っちゃったもンですから、白紙になったって、もう書く気がしない。で、本屋さんの社長にね、「太い字でもイイですか？」って訊いて（笑）、「面白ければねぇ、ウケるのなら何でもいいですよ」って言われて、書いたんですよ。

「全国ラーメン党結成！　党員募集。ラーメン党事務局まで」って、本屋さんの住所と名前書いて、電話番号も書いてね（笑）。「会長・林家木久蔵。副会長・横山やすし」って、別に友人の横山さんに、何にもことわりなく書いた（爆笑）。で、まさか入党（希望）者がいるとは、思いませんでしたしね。まぁ、十人か二十人ぐらいお葉書が来たら、サイン色紙でもお送りして、チャラにしちゃおうかと思ってた（笑）。で、第一版の本が売れはじめまして、郵便がまいりました。入党申し込みの五百六十通（笑）。……参っちゃってね。返送出来ないかと思っちゃった。ヤングの皆さんからいただいた葉書ならばね、まだジョークととっていただけるかなぁと思うんですけど、四十歳以上の年配の方がね、しかも封書で、ラーメンに対する切々たる慕情《ぼじょう》とかね（笑）、それから、「支那《しな》ソバが、なぜ中華ソバになったか？」、「なぜラーメンには、ナルトが入っているのか？」（笑）。何かそういうことを、きちっとお書きになっているんです。それを読んでいて、あたしが勉強になっちゃった（爆笑）。（ラーメンって、こうなっているのか？）とね（笑）。

「で、しょうがないから、タイプ印刷の「全国ラーメン新聞」っていうのを発刊いたしまして、これを手紙の代わりに発送いたしましてね。これも、記事が足りなくなっちゃったんです（笑）。しょうがないから、「ラーメン党、決起大会迫る」ってね（爆笑）。麺だけに、メーデーにちなんで、五月一日を麺《めん》デーなんてね（笑）。そしたら、また投書。どんどん来ちゃって。「決起大会はいつだ？」、

「決起大会はいつだ？」って（笑）。で、とうとうこの間、やっちゃったんですけど（爆笑）。何だか知らないけれど、知らないうちに前に押し出されちゃって、えらい騒ぎでございます。

今年はね、そんなふざけている場合じゃないんです。一月の二十九日に師匠の林《はやし》家彦六《やひころく》が亡くなって。で、がっかりしておりましたら、すぐに師匠のおかみさんも亡くなりました。ご夫妻共亡くなっちゃってね。これは、あのぅ、やっぱりね、こういう職業ですから、そんなねぇ、新派《しんぱ》の芝居みたいな涙を誘うようなことは言えませんけれども、やっぱり、がっかりしますよ。

で、師匠は、献体《けんたい》しちゃってね。この献体というのが、やっぱり、あのう、江戸前の師匠でございますから、弟子には迷惑をかけたくない。自分の親族にも、いろんな目に遭わせたくない。って、知らない間に申請しちゃった。ですから亡くなった途端、師匠の身体に、弟子もお子さんも手を触れることが出来なくなっちゃって、遺体は病院の所有《もの》になっちゃうんです。献体っていうのは、そうなんですよ。

そして、亡くなってから十五分後にやって来たのが、新聞社でもテレビ局でもありません。大学病院の先生が二人ばかりお見えになって、で、アイスクリームの型を抜く小さい機械みたいなものをお持ちになってね、彦六の両方の眼をガシャガシャって摘《と》っちゃった。角膜の移植用なんです。これも死後、時間の経過が長くなっちゃうと角膜が使えなくなっちゃうから、なるべく新鮮（笑）、……新鮮ってのは、おかしいですね（笑）、……死んでいるんですから。なるべく、つまり、死後時間が経過しないうちに欲しい、ね？　新鮮なうちに。死後十五分よりも五分後のほうがいい。死んだ直後のほうが、もっといいですね。出来れば生きているうちに欲しい（爆笑）。そう、病院ではおっしゃってました。で、噺家《はなしか》という言葉がありますが、眼無し家《めか》になっちゃった（笑）。で、次の日は眼の無い遺体が、今度、死んでいるのに医科歯科（生か死か）大学に行っちゃった（笑）。一年後に骨だけ帰ってまいります。なんだか、ラーメンのガラみたいな感じがいたしますね（笑）。

で、あたしは生まれが東京の日本橋でございます。久松町《ひさまつ》というところでね。

あの、いいところなんですよ。近所に浜町というところがありまして、明治座がありましてね。こちらのほうでは、若山富三郎さんと勝新太郎さんがお生まれになった。え〜、お父さんが杵屋勝東治《きねやかつとうじ》さん。江戸家猫八（三代目）さんも、住んでいらした。あたくし久松小学校に一年だけ進みましてね。え〜、先輩には山田五十鈴先生もいらっしゃったり、芸人がたいへん多いところなんです、あの辺はね。で、あのう、青島幸男さんがお書きになった『人間万事塞翁が丙午《にんげんばんじさいおうがひのえうま》』っていう小説を読んでいただくと、あれは堀留町というところで、「弁菊《べんぎく》」さんというお弁当屋さんが舞台でございます。今、桃井かおりさんがドラマで演っております。

で、あそこのお弁当が、あたくしの家の前が久松警察署、そこに留置されている人々のお弁当だったんです。囚人に、……囚人っていうんでしょうか？　罪でつながれている人たちのお弁当でございます。で、あたくしの家のお祖母《ばあ》ちゃんが、歌舞伎が好きで、よく幼稚園を早退けさせてね、あたくしを歌舞伎に連れて行ってくれました。そのときのお弁当が、弁菊さんのお弁当。で、あたくしの家の向かいが、ちょうど警察の留置所の場所に位置しておりましてね、そこに入っていらっしゃったのが、今、『水戸黄門』を演っていらっしゃる東野英治郎さん(笑)。……これ、悪いことをした訳じゃないんですよ、昔、あの、築地小劇場ってありましてね、そこで新劇の勉強をなさっていた。で、戦時体制なのに、その、「赤毛物（西洋の芝居）を演るのは、思想犯だ」ってんで、つながれていたんです。でも、たいへん警察署長が良い方だったそうです、東野さんに伺うと。で、「留置所《あそこ》で出るお弁当は美味しかった」って、囚人にカツ弁当が出たんだそうです。それも、青島さんの実家のお弁当だったんです。

ですから、青島さんのウチのお弁当を、道路一つ隔てて木久蔵の鞍馬天狗と水戸黄門が食べていた(爆笑)。で、スターっていうのは、つながるんですね(爆笑・拍手)。あたしのことなんですけど(笑)。

ですから、世が世であるならば、あたくしは雑貨問屋の若旦那なんです。雑貨問屋というのは、どういうものを卸しているかと申しますと、竹箒《たけぼうき》ですとかね、クレンザーですとか、亀の子だわしとかね、ヘチマとか。そういうものを卸している職業なんです。ところが家に東京大空襲で爆弾が落ちまして、一面焼け野原になっちゃってね。で、あたくしは職業が転々といたしまして、今は落語家になりました。

しかし、これは良い商売です。一席喋っちゃえば、あとは何にもしなくていいんですからね（笑）。え〜、良かったなぁと思っております。で、噺のほうに出て来る若旦那に、これをつなげなくちゃいけない（笑）。思いつきで喋っているから、すごくたいへんなんです（爆笑）。


落語のほうにも若旦那が出て来るんです。ところが、たいがい、落語のほうに出て来る若旦那っていうのは、二代目でございます。初代はもう艱難辛苦《かんなんしんく》の末に、自分の身代を作りますからね。二代目になりますと、今度は楽を先におぼえますからね、贅沢でございます。大事に育てられて、遊びを先におぼえちゃって、だいたい商売のことは頭に入っているんですけど、身が入らない。親父も懲らしめの為に、勘当します。

「家に出入りするな」

で、勘当されたって、未だ目が覚めません。

「何で勘当かなぁ?　いいんだよ。女の子が面倒見てくれるんだから」

ってね。……女の子だってお金《あし》を持っているうちは面倒を見てくれますが、一銭も無くなっちまうと鼻もひっかけない。しょうがないから、実家に出入りしていた職人の家の二階に厄介になります。二階に厄（八）介になるから、「十戒の身の上」というんだそうですが（笑）、何かモーゼみたいな暮らしをしておりまして……（笑）。

猫と息子と金玉と

一九八三年十月二十日　イイノホール
にっかん飛切落語会『片岡千恵蔵伝』のまくら

どうもたくさんの拍手をありがとうございました。

え〜、あたくしの家にペルシャ猫が居りまして、フサフサな白い猫なんですけども三歳なんですねぇ。三つになるとかなりもう大きくなりまして、で、マンションでございます。七階に住んでいるものですから、え〜、あんまり表に出す訳にもいかないんで、なるべくウチの中に置いているんですけど、雄猫でございましてね。

で、そのう、自分の陣地を作るんですねぇ。そろそろ青春なんで、あっちこっちに、あのう、ニオイづけのオシッコをいたしまして、そのあとを絨毯用の掃除機で泡立てましてね、臭いを消しまして、で、キレイにするんですけど、微かに臭いが残っているとみえて、またそこにオシッコしちゃうんですね。子供部屋にもしちゃうし、もう、どうしようもないんで、え〜、誰かにあげちゃう訳にもまいりません。前、仔犬を飼っておりましてね。これが家中にウンチするんで、子供がいないときにあげちゃったら、一ヵ月以上、子供の感情がおかしくなってしまったので、こういうことはいけないことだって、よく分かりましたから、ペルシャ猫は家で飼うことにいたしまして、ただ、手術をして、玉を取っちゃおうって話になりました。本当は、自然の状態が一番良いんですけど、住まいがコンクリートの塊でございますから、東中野の犬猫病院の先生に頼みまして、玉を抜いてもらいました。親しいお医者さんなので、洒落が分かりますから、小さい瓶に、あの、猫の玉を二個、アルコール漬けにして猫と一緒に返してくれました。あの、知ってます？　玉の形はね、銀杏をむいたみたいな感じでございます。そこに卵に付いている芽みたいなものがちょっと付いているんですね。これがね、一緒に沈んだり上がったりは、しないんですね。こう、別々に上がったり下りたりしておりましてね。何の仕掛けもしていないんですけど、面白い（笑）。

　で、家へ持ってまいりまして、これを夫婦で見ていたんです。そしたら、子供が学校から帰って来てね。

「お父さん、それ、なあに？」

「これは、猫の……」

「猫のなぁに？」

「猫の……を取っちゃった」

「取っちゃったの？　何を取っちゃったの？」

「チンを取っちゃったの」

「ああ、猫、金玉無いのかぁ！」（笑）

って、それから、子供の猫に対する態度がガラッと変わりまして、何か見るたんびに、こう、軽蔑しているような眼つきなんですね（笑）。

で、そのアルコール漬けを「学校に持って行く」って言うから、

「持ってって、どうするの？」

って、言ったら、

「ボク、玉抜いちゃったから、すごく可哀そうな人になっちゃったって言って、クラスの人気者になる」（爆笑）

って、言うんですね。

「まぁ、そんなこと、しないほうがイイよ」（笑）

って、言って、まぁ、珍しいんで飾ってあるんです。

あのう、子供（後の二代目木久蔵）は、小学校二年生なんですけど、見ていると面白いですね。カミさんと一緒にお風呂に入りましてね。で、お風呂から出てまいりまして、身体をふいて、あのう、大きいタオルで腰の周りをこう巻いて、と、猫が隅っこで長くなって寝ております。そのそばに行きましてね。パッと前を広げまして（笑）、

「猫、これが金というものだぁ（爆笑）。おまえには無いんだろぉ（笑）。よく見ろ」（笑）

くるっと後を向きまして、今度はお尻の穴を広げまして、

「これが、お尻の穴というものだ」（笑）

全部見せちゃうんですね（笑）。

で、まぁ、子供っていうのは、無邪気でいいなぁって思って、さっきのことなんですけど、ウチを出る前に、こんなことがありましてね、面白いなぁっと思って、また、何か落語にまとめようかなぁって思っているんですけど（爆笑）。どういう風になるんですかねぇ。

あのう、『林家彦六伝』というのを拵《こさ》えましてね。割合まぁ、評判が良くて

ね、「メェェエエ」なんて言うのが（笑）、日本中に流行《はや》りましてね。で、十二月半ば頃でしょうか、『今夜は最高』にタモリと出ております。あたくしはミュージカルを演っておりまして、全部、彦六の口調で司会をやっておりますので、観ていただきたいと思います。

で、今回は『片岡千恵蔵伝』というのを拵えまして、この後、もう一作、『横山やすし伝』というのを拵えて（笑）、それから子供の噺を拵えようかなぁって、思っているんですけど。そんなぁ、あの、円丈さんと違いまして、あたくしはね、え〜、早く作れないんですね。少しずつ足していって、段々長くなって行く落語でございまして。まぁ、あのぅ、一所懸命作って、それが面白ければまた、我々の財産になりますしね。あたくしの財産になりますから。あと、ローンが七年残っているんですからね（笑）。その間は、皆さんを騙さなくちゃいけないんでね。一所懸命努めたいと思うんですけど（笑）。

しかし、あの、光陰矢のごとしと申しましょうか、あの、人がドンドン死んでいきますね。皆さんには長生きをしていただきたいと思います。今年も、花登《はなと》筐《こばこ》さんですとかね、それから、中村鴈治郎《がんじろう》丈とか、片岡千恵蔵先生もそうですけれども、え〜、『天井桟敷』の寺山修司さんとかね、ずいぶんお亡くなりになりました。

あたくしの師匠の林家彦六は、八十六歳まで現役でございました。これはたいへんなことでございまして、八十六歳でお元気なお爺ちゃん、お婆ちゃんは、日本中にたくさんいらっしゃいますが、現役で、八十六歳で、この熾烈な世の中から、ずぅーとお金を、こうやって、取り続けていたっていうのは（笑）、たいへんなことなんですよね。

忘れもしません、あたくしの師匠は、八十六歳の秋に、浅草の稲荷町というところに住んでおりましたので、台東区役所に頼まれて養老院の慰問に行ってありまず（笑）。八十六歳で、養老院の慰問に行ってんの。慰問を受けるほうが、六十歳、七十歳（笑）。本当は向こうがこっちへ慰問に来なくちゃいけない。こっちが行ったんですからね。帰って来て怒ってました。「若ぇ奴ばっかりだった」って。そのへんがやっぱりすごいと思って、あたくしも歳を取ったらああいう風になろうと思っているんですがね。

SONY

万里の長城と日本の節句

一九八五年四月十六日　イイノホール
にっかん飛切落語会『五月幟』のまくら

全国ラーメン党というのをやっておりまして（笑）、つい最近、あの、中国へ行ってまいりましてね。え〜、麺類の母なる中国にラーメン屋を開きたい。いろいろ行って勉強になってまいりましたが、ビックリしたのは向こうの労働者は月収が七千円だということでございました。

七十元なんですね。で、日本の百分の一で暮らしている訳でございまして、ですから家賃も団地の２ＤＫの部屋で、北側の寒い日のあたらないほうの部屋が大体二千円。で、暖《あった》かいほうの部屋が三千円。で、女の方でスカートをはいている方にほとんどお目にかかりませんでした。皆、人民服みたいなものとか、モンペみたいなものを穿いてましてね。足をむき出しにしちゃいけないんですかね？　え〜、そろそろ解放されてきたって言われておりましたが、そんな具合でしてね。ですから上海に行きまして驚いたのは、あのぅ、デパートの化粧品売り場がありますo そこにお嬢様方の行列でございまして、行列は分かるんですけどね、皆、お嬢さん方が、あのぅ、クリームのビンですね。あれ、いっぺん使ったやつを大事にとっておいて洗って、それにまた詰めて量り売りで買うんです。で、そのビンが無い人は、お弁当箱の蓋にクリームを盛ってもらってね、なんか見てるとマーガリンか何かみたいでございました（笑）。ずいぶんたいへんなんだなぁっと、つくづく思いましたけどね。

ですから日本からラーメンを持って行きまして、北京でラーメン店を開きまして、一杯三百五十円のラーメンを向こうで売ると、向こうの人には三万五千円になっちゃうんですね（笑）。そんな高いのを食うバカいませんから、で、（困ったなぁ）と思って、今、思案しているところでございましてね。よく調べないで行っちゃあいけないですね。向こうで売る場合は、七円か十三円で売らなくちゃ、向こうの人は食べに来られないです。うどんの玉だけだって、今、原価が三十五円ですからね。三百五十円のラーメンなんか売れっこないんです。

で、中国に行きましてね。やっぱり向こうに行ったら、向こうに合わせなくちゃいけないと思って、友誼《ゆうぎ》商店というデパートに行きましてね。そこで、人民服を買って、上下。で、グリーンの人民服を買いまして、額に赤い星のマークの付いた帽子を被って、列車に乗ってもどこへ行っても、その恰好をしていたんです。上海の駅に降りましてね。人民服の男の人が集まっているところに、面白いから、あたくしも一緒になって集まって（笑）、記念写真用に写真撮ってもらおうと思って立っていたんです。そしたら、上海の駅でどっかの団体の方ですね、日本人のオバサンばっかり二十人ぐらい降りて来た。皆、いっぱいお土産持っている。オバサンの一人が、あたくしを発見いたしまして、

「……ちょっと、あれ？　ご覧なさいよ、木久蔵にそっくりの中国人が立っているわよ」（笑）

「あら、どこ？」

「あそこよ」

「あらぁ！　本当だ。カメラ、カメラ、……撮っておきましょうよ」

そばに寄って来てね。で、あたくし、可笑しくてしょうがなかったんですけど、知らんぷりしてた（笑）。向こうは、あの、共産主義の国ですから、あっちこっちに立て看板がありまして、昔は毛沢東の肖像画がずいぶん飾ってあったら

しくて、今はあんまりないんですけど、それでも労働者がですね、男の人と女の人と若い人が、何かいろいろと指さしているポーズがあってね（笑）。で、オバサンがそばに寄って来たから、あたくしも指さしたポーズをしてあげたの（笑）。

「ポーズとってくれているわよ（笑）。今のうち、今のうち」（笑）

カシャカシャ、カシャカシャ、撮る。じぃーっとあたしの顔を見て、

「ニーハオ、ニーハオ」

って言うんですね。で、カメラでパシャパシャ撮って、

「あなた、日本の人？」

「……チン（笑）、……チン（笑）」

「センキュー、再見《サイツェン》」

って、行っちゃいましたけどね（笑）。で、帰りがけオバサンは言ってましたよ。

「日本に帰ったらね、木久蔵に写真を送って、ビックリさせてやろう」

って、ことを（笑）。ビックリする訳ないんですよ。あたしが本人なんだから（爆笑）。まぁ、いろんなことがございました。また秋に行くんですけどね。本当

にラーメン屋さんが開けるかどうか、よく分かんないんですけど、一つの壮大なロマンとして、面白いと思っているんですけどね。

で、中国行きまして、季節がまだ寒かったですね。三月に行ったんですけどねぇ。万里の長城に行きましてねぇ、風が強くて残雪がありました。しかし、中国中から、おのぼりさんが来て万里の長城を歩いておりまして、すごいですね。長いたって、アナタ。あそこを特急列車で全部走っても、五泊六日かかるっていうんですよ。そんな長いもの作っちゃった。人工衛星から中国大陸の写真撮っても、あの万里の長城だけは映っているっていうんですね。大したものでございます。で、日本から送った桜が、もう、チラホラ咲いているという噂もこの間聞きました。

日本へ帰ってきますと本当にほっとしたりしますね。え〜、四季の移り変わりがありますしね。え〜、いろいろ年中行事があります。二月にはあの節分てぇのがありましてね。「鬼は外、福は内」なんてね。圓楽（五代目）さんが豆をまいておりますと、「馬は外」みたいな感じで（笑）。

で、三月三日が桃の節句でございまして、これは、もう、過ぎてしまいました。女のお子さんのお節句ですから、飾ってある人形も雅《みやび》でございまして、三人官女に、五人囃子、アラレにひし餅、お白酒。これをお供えいたしましてね。で、お節句が近づいてまいりますと、まぁ、テレビのＣＭがジャンジャン放送されますね。美空ひばりさんとかね、森光子さんが、雛人形のそばにボォーっと立っていましてね（笑）。

「（声色で）久月のお人形」（笑）

本当に買う人いるのかしらと思う（笑）。

五月五日が端午の節句でございまして、これは男のお子さんのお祭りですから、飾ってある人形も、勇壮活発でございましてね。昔は神武天皇ですとか、金太郎さん、それから桃太郎の鬼退治とかね。鍾馗《しょうき》様が鬼を拉《ひし》いでいたりなんかしまして。

今、あのぅ、人形ローンてぇのがあるんですね。「五月幟ローン」とかね。駅のそばの丸井がやっておりまして（笑）、で、月賦で買うと鯉幟《こいのぼり》やなんかも、あんまり勢いよく、こう（笑）、泳いでないですね（爆笑）。まだ、七ヵ月残っていると、ヘタヘタ（笑）、ヘタヘタ。

で、昔は屋根の上によく、菖蒲が載っかっていたんです。菖蒲の葉っぱがね。あれ、魔よけのおまじないだったそうですね。

「猫の喧嘩に五月の節句　お屋根に菖蒲（勝負）があるわいな」

というのがありますが……。菖蒲の本場、今でもそうですが、四ツ木堀切というところがあります。松屋のとこから電車が出てまして、東武電車がね。四ツ木堀切、あの辺りでございます。だいたい湿地が多いんですね、昔も今も。菖蒲の本場でございます。堀切の「菖蒲園」なんてありましてね。で、昔はこれを籠に入れまして、天秤で担ぎました菖蒲売りがよくやって来たんです、季節になるとねぇ。千住の大橋を、菖蒲売りのオジサンが歩いておりますと、前をお侍さんが歩いておりまして、

「菖蒲！　菖蒲！　ええー、菖蒲！　菖蒲！　菖蒲！　菖蒲！」

「無礼者め！　汝に勝負と言われる覚えはないわ！　たってとあらば相手をしてつかわす。仕度をいたせ！」

「滅相もございません。お聞き違《たが》えでございます。いえ、あの、勝負と申し上げたんじゃございません。言葉の中には一つの言葉でいろいろと意味のあるものがございます。ここは千住の大橋で、橋でございます。道は端を歩け。モノを食べるときに使いまするのが、箸。橋に、端に、箸。菖蒲に、勝負。お聞き違えでございます」

「何、ここが千住の大橋で橋。道は端を歩け。モノを食べるときに使うのが、箸。橋に、端に、箸。菖蒲に、勝負か……。うーん、そのほう、下に置けんな」

「へえ、屋根の上で」

という、上手い噺がありますけれど（笑）。

北京、広州、桂林、そして殿様

一九八五年十月十四日　イイノホール
にっかん飛切落語会『目黒のさんま』のまくら

え〜、食欲の秋でございまして、今こちらへ来る前に、ちょっと六本木の『木久ちゃんラーメン』に寄って様子を見て来たんですけど（笑）、ガラガラでございまして（爆笑）、開店一ヵ月で経営不振かなぁっと思って、ガッカリしているところです。

一週間ばかり前に、あの、中国からまた帰ってまいりまして、え〜、この度は、北京に行きまして、それから桂林というところへまいりましてね。たいへん景色のいいところでね。それから、広州、あの広い広州です。こちらから香港をまわり帰ってまいりました。

相変わらず、北京に日本のラーメン店を出したいと一所懸命やってる訳でございます。しかし中国というのはお国も大きいですけど、中国のお役人の気持ちもたいへん広いらしくて、あたくし共が提示している「二十坪か、三十坪で、カウンター形式。十二人か十五人で満員になる店」というのは、お分かりいただけない（笑）。場所を五ヵ所案内していただいたんですが、一番狭いところで三百坪（爆笑）、広いところが二千坪で、公会堂が三つ出来ちゃう（笑）。そこで三人ぐらいで働いたら死んじゃうんですからね（笑）。それを一所懸命説明したんですけど、分かってもらえないですね。通訳がつきますから、どういう言葉に直して中国人に伝えているのか、よく分からないですけどね。だいたい、お会いするのがキンさんとか、コウさんとか（笑）、ハンさんとか、全部ラーメン店みたいな名前の人ばっかりで（爆笑）。顔も似ているし、誰だか分からないです。弱っているんです。まぁ、約束した以上、やらなくてはいけないと思って、励んでおります。

で、あのぅ、向こうで人民にラーメンを売る場合は、「一杯三十円で売ってくれ」って言うんですね。で、生麺の原価が一玉五十三円ですから（笑）、三十円で売ると、ちっとも合わないということを一所懸命説明しているんですけど、全然分からないらしいんですね（笑）。説明を聞いて、ニコニコ、ニコニコしておりまして（笑）。で、結局、五十三円の玉を三十円で売ると損をすると、さんざ

ん説明したら、一時間ぐらいかかってやっと分かっていただけたらしくて、

「それじゃあ、中国の小麦粉を使いなさい」

「ああ、そうですか。どのくらいですか？」

って、訊きましたら、値段が日本の十分の一でございました。（あっ、じゃ中国で麺を作ればいいな。中国の小麦粉ならいいな）って、思った訳なんですが、ところが今、中国も食糧事情が悪くて、小麦粉をオーストラリアとか米国から輸入しているそうですね（笑）。ですから、中国独自の小麦粉を作ろうとするならば、「畑からやってください」ということです（爆笑）。「土地もたくさんありますす」って、提供されたんですけど、誰がラーメン屋やるのに、麦踏《むぎふみ》からやらなくちゃいけないの（爆笑）。今、とても悩んでいる最中です（笑）。


まぁ、広い国ですね。広州というところ、これは「食は広州にあり」の広州でございましてね。有名なマーケットに行ってみましたけど、ここはなかなかガイドさんが案内したがらないんですね。ラーメン党の旅行団は、ラーメン店の経営者ばっかりでございますから、「食は広州にあり」、その広州のマーケットは是非

見たいと言って、無理やりねじ伏せまして、全員が行きました。そしたら、何か駆け抜けるような見学だったんですけど、あたくしは、ワザと一番後ろにくっついてゆっくり道に迷ったふりして（笑）、あっち行ったり、こっち行ったりしましたけど、すごいですね。

え～と、「食用猫」なんてのがね（笑）、籠に入って積んである。犬もね、売ってんですよ。「食用犬」ですね。ええ、で、犬は、こう籠に入ってましてね。ギッチリ入っているんです、赤い犬がね。で、こう、指さしますと、魚の選別と同じでございまして、犬のこう、首のところをギャンギャンって引き上げてくれまして、

「これか？　それとも、これか？」（笑）

で、

「それだ」

って、言うと、それをどっかに連れて行くんですね、裏のほうにね。「ギャン」なんて声がしまして（笑）、たちまち、犬が半身になってね（笑）。鮭の半身と同じようになって、で、足が未だ痙攣しているのを（笑）、吊るして持って帰っ

ちゃうんですからね。(すごい国だなぁ)っと思って、これはもう、「絶対に喋らないでくれ」って言われたんですけど(爆笑)、内緒にしていただきたいと思っております。

で、あのぅ、桂林というところも、今、あのぅ、やってますでしょ、コマーシャルやなんかでね。こう、ラクダのコブみたいな山がございましてね。そこに、こう、何か筏《いかだ》みたいな船がスゥーッと行きましてね。ええ、なかなか良い景色ですよ。本当に行ったら良い景色でございましてね。で、遊覧船ってのがあるんですよ。これに乗って川下りってのをやりました。

で、川下りってのは、日本では天竜川でもどこでも、たいがい三十分とか一時間ぐらいなんですね。で、あたくし共もそのつもりでおりまして、カメラ下げて手ぶらでそれに乗りました。で、最初の内は皆喜んでいたんですよ(笑)。

「すごいね、この景色(笑)。ええ、絵葉書の中に入っちゃったみたいだねぇ。すごいね、同じだよ、コマーシャルと。ほらっ、ゆっくり船が走っててさぁ、こっちのほうで子供が手を振ってて、老人が煙草を吸ってこっちを見ているよ。

……昔の中国だね？　うん、古い掛軸を見ているみたいだね」

なんて、最初は感心しておりまして、日本人ってのは、せっかちなんですね。バシャバシャ写真は撮るわ、八ミリまわしちゃうわ、ソニーの新しいビデオで、撮っている人がおりましてね（笑）。で、一時間やってる内に飽きてきちゃったんです。ずぅーっと同じ景色なんですね。あの山が、ずぅーっと続いて、川もずぅーっとあるんですね。……五時間半乗ってたんです（爆笑）。もう、飽きちゃってねぇ。とっくにフィルムは無くなっちゃうしね。皆、降りる時に「二度と来《こ》ねぇ」って言ってました（爆笑）。

まあ、日本人ってのは、島国根性というんですかね（笑）。うん、気持ちが狭いというんですか、こらえ性が無いというんですか、ダメですねぇ。え～、つくづくそんなことを思って帰って来たんです。

え～、これから『目黒のさんま』に入ろうと思うんですが（爆笑）、つながらないんで困っておりましてね（笑）。え～、桂林の川にも秋刀魚《さんま》がいましたっていう訳にもいかないし、調べりゃ分かっちゃいますから（笑）。

で、昔は二百六十余大名ってのがあったそうですね（笑）。この辺が接点でございまして（笑）。お殿様の家が二百六十四軒あったんです。で、殿様と言うのは言葉遣いが難しかったそうで、戦国時代は、国盗《と》りの時代ですから、言葉にこだわっている訳にもいかなかったんですが、段々平和になってまいりますと、細かいことに注意がまわってまいりますから、言葉遣い、偉い人がね、乱暴な言葉を遣っていると、これは家来が馬鹿にしちゃったり、そこを治めている町人や農民やなんか従って来なくなっちゃったりしますから、良い言葉を遣わなくちゃいけない。で、ご家来衆がそばで一所懸命御諫《おいさ》めをしたんだそうですね。ところが、戦国時代の名残で、乱暴な言葉を遣うお殿様がずいぶんいらしたそうで、御諫めをしても聞き入れてくれませんから、そういう場合は家来が切腹をして御諫めをしたそうです。

で、一人が切腹をしても言うことを聞いてくれないと、二人でお腹を切っちゃう。二人でも言うことを聞かないと、四人が切っちゃう。四人でも言うことを聞いてくれないと、八人が切ります（笑）。八人でもダメだと十六人が切腹しちゃいますから、段々家来が減っちゃいます（笑）。お殿様のほうも言うことを聞きます。で、家来に訊いたそうですね。

「切腹するのは、如何であるか？」

って、

「私は家来（嫌い）です」

なんつってねぇ（爆笑）。

そうやって、興味を持たせながら噺に入っていく訳でございます。

吹雪と下町慕情

一九八六年二月十九日　イイノホール
にっかん飛切落語会『崇徳院』のまくら

え〜、昨日は雪でございまして、たいそう降りました。噺家というのはたいへんに旅が多くて、昨日は水上《みなかみ》というところに行ってまして、向こうがものすごく吹雪《ふぶ》いておりまして、夜帰って来て、東京も同じ状態だったんで、未だ水上にいるのかなぁって思ったんですけど（笑）。確かに新幹線に乗ったことは記憶してますし、東京も雪でした。

で、こんなに降ったらお客さん来ないだろうと思ったら、東京の鈴本も浅草も寄席の夜席は満員でございまして、……不思議ですね。天気と全然関係なく、ちゃんとお客様は来るときは来てくださいます。

今日は雪が融けてたいへんに道がぬかるんでまして、夜になると凍ります。転びますよね。で、頭打って家が分かんなくなっちゃったりするんです（笑）。イイノホールだって、お客さん、来ないんじゃないかと思ったら、ずいぶんたくさんの方がお見えいただきまして、真ん中のほうの、あの招待席だけお見えにならない……（笑）。そこ以外は、ありがたいと思っております。あのぅ、普通は来られる状態じゃないですよね。ええ、来月もまたあるんですからねぇ（笑）、それをこうやって時間を割いて、の、呑気じゃなくて、あのう（笑）、勇気のある皆さんを拝顔《はいがん》いたしまして、楽屋で皆が呆れ返って、あのう（爆笑）、すごく喜んでおりまして、ありがとうございます。

あたくしは、いろんなことをやっているんですけど、「落語、ちゃんと演れるのかぁ?」って、よく言われます（爆笑）。……私の落語、出来てますよね?もう、二十八年間も演ってまして、前座を四年間やりましてね。真打になるまで十三年かかりました。その間は、ごく普通にしていたんです。あんまりいろんなところを見せちゃうと、敵が多くなります。で、いろいろ、偉そうな老人が死んだもんですから（爆笑）、段々、本性を現してきております。

今年の三月には、新宿の、ギャラリー高野で、『浜町発 私の下町五十景』という個展を開きます。是非観に来ていただきたいと思います。

あたくしの、生まれたところが東京の日本橋の久松町というところでございます。あたくし、雑貨問屋の倅でございます。で、戦災で焼けまして転々といたしまして、まぁ、落語家になったんです。その問屋が無事でございましたら、あたくしは雑貨の中に埋もれておりまして、落語家じゃなかったんじゃないかと思っております。

で、小学校の一年生ぐらいまで下町におりまして、それから、ちょっと疎開いたしましてね。福島県にいたこともありますし、青森県の八戸ってとこに行きまして、東京の杉並に戻ってから終戦を迎えました。で、暫く下町のほうに行ってなかったんですが、絵を描くということの名目で、一年半あっちこっち歩いてみたんですけど、懐かしかったですね。

浜離宮から船が出るんですね。水上バスと昔言われていた隅田川の遊覧船がね。で、竹芝桟橋にいったん戻りましてから、今度は川を上りまして、吾妻橋に行きましてね。あそこで降りまして、それから観音様からずっと巡りまして、下谷のほうを巡って、いろんなとこを歩いて来ました。一応、キレイに描けたつもりでございます。是非観に来ていただきたいと思っておりますけれども。

一応、あの、結婚をしておりまして（笑）。で、あたくしは、恋愛から結婚へ進んだというつもりでおりますが、ウチのカミさんはそういう風に解釈しておりませんで、「追いかけられた。追いかけられた」って言ぅ（笑）。まぁ、楽しい思い出もいろいろございましたけど、もう、結婚しましてから十八年でございますから、新鮮さはなくなってしまいました。

で、あたくしの奥さんになった人は、たいへん、あのぅ、背が大きぃ。百七十五センチありまして、デートのときなんかハイヒールはいて来るもんですから、抱きつきますと頭の上にオッパイが来ちゃいまして（笑）。頭に乳房が載るデートってぇのは、あんまりないですね（笑）。懐かしく思い出している次第でございます。

心の探検と、ラーメンの屋台

一九八六年六月十七日　イイノホール
にっかん飛切落語会『蛇含草』のまくら

どうも拍手をありがとうございました。只今あたくしの前に出演しましたのは、林家こん平さんでございまして、たいへん元気な（笑）、血気盛んな落語でございましてね（笑）。あたくし、脇で聴いておりまして、へとへとになってしまいました（爆笑）。どうして、コシヒカリを食べているとあんなに元気になるんでしょうか（爆笑）。よく分かりませんけれど、まぁ、あたくしも、あの、一所懸命務めさせていただきます。

大喜利の印象が強いものですから、例えば、こん平さんとあたくしが出ていると、「どうして横に並ばないんだろか?」とか（爆笑）、思う方がいらっしゃるかと思いますが、だいたい落語というのは、孤独な芸でございまして、一人ずつが芸を競う訳でございます。それで、その人の知性とか、いい加減さや（笑）、全部、分かる訳でございます。観ていただき、比べていただくと分かると思いますけど（爆笑）、よろしくお願いします（拍手）。

しかし、あの、ヘンな時代でございまして、朝からテレビを観てますと、グルメをやっておりまして、どこの蕎麦が美味いとか、どこの活魚料理が美味いとか、もうテレビ局ってぇのは、あまりにも企画力が無いですね。で、考えてみますと、これを興《おこ》したのは、あたくしでございまして、あたくしがラーメンブームの元になった訳で、あたくしはそれをサッサと切り上げてしまいました。そして実業のほうに転じまして、今、ラーメン街の総帥として、まぁ、采配を振っている訳でございます（笑）。陰へまわっているのに、表で頑張っている方がいらっしゃいまして、時代を先読みするってのは大事ですね。で、次にどういう時代が来るかというか、あたくしはね、食べ物というのはお腹がいっぱいになってしまうと、もう、それで満足ですから、終わりなんですね。で、美味しい、密やかに自分だけが楽しみにしていた店を、ドンドン、ドンドン活字で発表しちゃうと、そこの店も行列が出来るようになりまして、段々、あのぅ、つまり、大勢のお客様が来ると手がそれだけかけられなくなって、味が落ちてまいります。不味くなってまいります。そういう作業をテレビでドンドン、ドンドンやっている訳でございます。

で、食べ物の次に来るものは何かというと、まぁ、今度、世界一のお金持ちに日本がなるそうですけど、自分が何かやることなんですね。ですから、いろいろスポーツクラブですとかね。大きいホテルですとか、レジャーセンターとか、海岸やなんかを埋め立てましてね、催し物の会場が出来たりなんかしまして、そういう株が上がるというのはありますが、自分の心の中の探検というのが、多分、かなりお金を払っても、そういうものに参加する人が多くなると思うんですね。昔からよくやっておりますが、新興宗教なんてのがそうですね。それから、丹波哲郎さんの死後の世界なんてね、死後ってのは誰も見たことがないですからね、いろいろ書かれちゃうと、（ああ、そうかなぁ？）って思うしかないんでね、警視庁もこれは何にもすることが出来ません（笑）。そういうことが流行ると思うんですね。心の中の探検がね……。

で、あたくしは早めにそれに目を付けましてね。『木久蔵の心霊教室』っていう本を一冊出したんですけど、その出版会社は倒産いたしました（笑）。いや、あたしのせいじゃないんですよ。労働争議が起きまして、倒産いたしました。で、その心の中の探検と言いましても、ＵＦＯを発見するとか、宇宙人にあったとかね、それから未来に行ったとか、過去に戻ったとか、そういうことになってくると思うんですが、まぁ、これ演ってると四十分以上になっちゃうんで、これは置いときまして、とりあえずグルメでして、ラーメン党というのをやっておりますから、ちょっとぐらいはラーメンのお話をしないと、まぁ、恰好がつかないので、申し上げます（笑）。

ずいぶん様変《さまが》わりしてまいりました、ラーメンというのはね。例えば、あの、例をあげますと、夜鳴き蕎麦を改装しまして、チャルメラ蕎麦っていうのがありました。あれは人力で牽く屋台で、冬の夜にやって来たもんですけど、最近はこれがワゴンに改装いたしまして、スープですとか、丼ですとか、割箸やなんかを後ろに積みましてね。で、たちまちこれがお店になる仕掛けになっております。赤い提灯を左右に付けまして、ちり紙交換と同じ速度でゆっくりと走ってまいります（笑）。

で、チャルメラの音色はエンドレステープで、上のスピーカーから流れる訳です。ラーメンのチャルメラの音色っていうのは、吹くのが難しいそうですね。あれは中国の正規軍のラッパなんだそうですね。あれで朝鮮戦争の時は攻めて来たらしいんですけど、とにかく不思議な音色でございまして。美味しそうに吹かなくちゃいけない。

「♪ファラヒーラレ　ファラホーハイフェホホフォフォホフェイホホファ〜」（笑）

美味しそうに吹かなくちゃいけないんですね。これ、なかなか難しいんで。で、これがエンドレステープになって発売しておりますが、どこで売ってるかというと、ラジオ屋さんとかレコード店で売っておりません。中華料理材料店の、いろいろ材料の中に埋もれて売ってるんです。面白いテープでございますね。チャーシューの塊ですとか、ピータンですとかね、それからビーフンですとか、ザーサイとか、そういうものの間にあのテープが積んで売ってあるんです。たいがい、ザーサイの積んである隣にあのテープが置いてありまして、ですから買う場合、

「すみません。これくザーサイ」

なんて言ったりなんかして（笑）、……あんまり面白くなかったんですけど、まぁ、そういうようなことを言いたいなぁって思って、高座に出て来た訳でございます（爆笑）。

で、暮れなんかになりますと、幹事の方ってたいへんでございましてね、「忘年会を二千五百円であげろ」とか、「三千八百円」とかねぇ、え〜、これ切り上げ方っていうのがあるんですね。いつまでも、ダラダラ、ダラダラやってると飲み物の注文が多くなってね、予算がオーバーしちゃいますから、始まって一時間ぐらい経ったなぁと思うと、幹事が突然立ち上がって、

「宴《えん》たけなわでございますが、この辺で中締めでございます。渡辺課長にお願いします」

「いよぉぉぉー！」

なんてなりますから（笑）、ここで散会になります。この幹事のおとっつぁんは、未だ何にも食べてないし、飲んでないんですね（笑）。お腹ペコペコでございまして、しょうがないから帰りに駅の周りでお蕎麦でも食べようかなと思って

も、駅の周りってあんまり美味しい蕎麦屋ってのが無いんです。

「不味い（丸井）は、みんな、駅の蕎麦」（爆笑・拍手）

まぁ、こんなようなことを言いたいと思って出て来たんですけど（笑）、それで歩いている内に自分の家の近くに差し掛かりまして、住宅街ですから、もう店なんかやってる訳がない。

「弱ったな。帰ったらカミさん起きているかしら？　お茶漬けか何か作ってくれるかな？」

と、思っていると、そのワゴンを改装しましたラーメン屋さんが現れる訳で、向こうから、店のほうから客に近寄って来てくれる。チャルメラの音色が鳴っております。テープは何回も、三年も四年も使っているから、もう音色がすっかり磨滅してしまいまして、

「♪　ファリヤリヤァ〜　ファラリラァ〜」（笑）

何だか不味そうで（笑）。それでもなんでも、食べ物屋だから、お父さん喜んじゃって、

「ああ、ありがたい。腹が減ってると思ったら、ラーメン屋のほうで来たぁ。

ラーメン屋さん！　すいません、お願いします。何が出来るんですか？　ええ。ラーメンにワンタンに、チャーシューワンタン麺。ああ、そう。（手を打つ）奢っちゃってね、そっちのほうから出て来てくれたから、チャーシューワンタン麺をお願いします。幾ら？　八百円、安いね」

お金を渡します。

「お待ちどお様でした」

って、出来上がりましたチャーシューワンタン麺。昔は、丼が瀬戸物でございましてね、これ、割れやすいって言うんで、それからプラスティックになったんです。よくドンブリの模様の印刷がずれていたりして（笑）、あれだけでもちょっと不味そうなんでございます（笑）。

で、今は、発泡スチロールなんですね。熱伝導がございません。ただ白いパコパコした器でございましてね。で、お金貰っちゃったし、渡しちゃうと用が無いから、この屋台は行っちゃうんです（爆笑）。ラーメンという物は、舞台装置があってこそのラーメンでございまして（笑）、赤提灯があって、暖簾があってね。親父さんが向こう側で水っ洟《ぱな》かなんか、こう、グスンとやってるから、ラーメン食べているって、雰囲気が出るから美味しいんですけども（笑）。これ全体が居なくなっちゃう（爆笑）。そうすると、このお父さんは、真冬の真夜中に、住宅街の往来の真ん中で、ラーメンの丼持って仁王立ちしているんです（笑）。バカみたいなんですね（爆笑）。暗闇で何かを食べるほど、不味いものはないんです（笑）。本人も慌てて気がつきまして、ラーメンの屋台を追いかけて、ワゴン車を追いかけて、一緒に並んで歩きながら、食べてね（笑）。ラーメンで新作を一席作りたいと思っているくらいなんですけど。

あたしには、道楽がない

一九八六年九月二十一日　イイノホール
にっかん飛切落語会『野ざらし』のまくら

え〜、どうも雨の中をありがとうございます。降りがひどくなってまいりまして、帰る頃はずぶ濡れになるんじゃないかと思って（笑）、……楽しみにしておりますけれど（爆笑）。ありがとうございます。

え〜、九月に入りましたけれども、だいぶ涼しくなってまいりました。で、八月という月は、あたくしにとってたいへんに思い出の深い月でございまして、師匠が健在ですと、毎年、もう七月の半ばからは、「怪談芝居噺」ってのを演りました。

で、今日喋る『野ざらし』って噺は、怪談噺だったそうですね。それを我々のほうの先輩が、たいへん面白い落語に仕立て上げてくれた。でも、だいたい怪談とかそういうものを高座にかけるときは、お詣りをしたりね。ちゃんとしないと、良くないことがたくさんあるんだそうで、あたくしは、ちょっとお詣りしていないので嫌な気持ちもするんですけど、まぁ、落語でございますから、この辺は勘弁していただけるんじゃないかと思います。

道楽なんてことをよく言います。あたくしは、もう、道楽が無くなっちゃってね。「ラーメンが好きだ」って言ったら、ラーメン党が出来ちゃってね。で、店をやるようになったら、従業員の管理やなんかをするようになっちゃったから（笑）、趣味でも何でもなくなっちゃった。「映画が好きだ」って言ったら、週刊文春シネマチャートで映画評を書くようになりまして、毎日のように観なくちゃいけない（笑）。少なくとも、一ヵ月に三十本以上、観なくちゃいけない（笑）。……つらいですよ、映画を一日中観るってのは。

だいたい、一番早い試写会が、十時ですね。それから、一時で、三時で、六時なんです。……ヘトヘトです（笑）。人の人生を一日に四回も辿《たど》っちゃうんですからね（笑）。で、そのあと、自分の人生があるんですから（爆笑）。実に疲れるもんでございましてね。

それから、霊的なものも好きでして、『心霊教室』なんていうのを、面白がって文章に書いたりなんかしたら、そういうことを研究している方が多いんですね。不思議なことを書いた手紙が全国から来てね、夜一人で読んでいると、怖くてしょうがない（爆笑）。あんなことを、言わなきゃ良かったと思いました（笑）。

で、あたくしは相撲とか野球、全然、分からないんです。だけど、噺家やってますから、何にも分からないってのは良くないと思いまして、「相撲に詳しい」って言ったら、まわりの方が本気にしちゃって、今、あるスポーツ新聞で、相撲の連載を始めました（笑）。この間も、九重部屋と高砂部屋に行ったんですけど、やっぱり何だか分からないんですね、朝行くと力士がいっぱい立ってましてね、稽古してるんですけど、だいたい同じような身体つきでございまして、デブが右往左往してるんです（笑）。そういうことは、言っちゃいけないと言われましたけど（笑）。

あのう、千代の富士って方は、たいへん良い人でね。で、千代の富士はね、やっと分かりました（笑）。でも、あちらへ行ったら稽古が終わっちゃってね。で、千代の富士は道端の箱の上に胡座《あぐら》かいて二、三人の記者の方と談笑してましてね。で、ああいう横綱って方は、貴《たっと》い方だっていうんで、あたくし、遠くから合掌しておりましたら（笑）、八幡様じゃないから勘弁してくれって（笑）。で、一緒に話をしようってんで、あたし何を訊いていいのか分からないから、

「ディズニーランドかなんか、行ってらっしゃるんですか？」（爆笑）

すごく変な顔をしてましたね（笑）。

「行きますよ。子供がいますから」

って、

「お子さん何人、いらっしゃるのですか？」

生まれたてを入れて、二人いらっしゃるそうですね。それで、

「ディズニーランドなんかは、そういう恰好していらっしゃると、ちょんまげとか着物姿だと目立っちゃうじゃないですか？」

って訊くと（笑）、

「そりゃ、木久蔵さん、あたしはね、ちゃんと作戦立てますから」

って、夜に行くそうですね。で、花火がドーンって上がったときに、スペースマウンテンとか、花火の間は行列してないとこへパァーッと入っちゃうんです。そういうこともいろいろ緻密に計算しているんで、（偉いなぁ）と思ってね。

で、今度、ディズニーランドの招待券、二十枚送ってあげることを約束して帰ってきたんですよ（笑）。

で、釣りの話なんですけど、釣りもあんまりよく分からないんですね。今日、この噺、演らなくちゃいけないっていうんで、昨日ね、佃島《つくだじま》から東雲《しののめ》のほうに船を出してもらって、釣りに行って来たんですけど、ずいぶん元手がかかっている落語なんですね（笑）。自分でビックリしてるんですよ。で、釣りって生まれて初めてやったんですけど、雨が降ってまいりましてね。船は屋形船でございます。屋根がついていて良かったんですけど、で、あちらのほうに行きますと、新聞の釣り情報かなんかご覧になって来るんでしょうか、ずいぶん大勢の方が合羽《かっぱ》を身にお着《つ》けになってね、たくさん、こう、岸の方にいらっしゃって、ずぶ濡れになって、釣ってらっしゃるんですね。で、ずぅーっと見てましても、釣れてないんですよ（笑）。で、小さい合羽の塊を抱えている方がいらっしゃるから、（あれ？）っと、思ったら、小さい生まれたての赤ちゃんを包んでね、あやしながら釣っている方もいらっしゃる。（すごいなあ）っと、思ったんですけど。

で、我々のほうでは、歌丸師匠が、釣りが好きなんですね（笑）。あの人はあの方たいへん神経質で、もう、ピリピリしておりましてね。え〜、毛が薄いから（笑）、「有明ムツゴロウって、あだ名がついているんです。え〜、毛が薄いから（笑）、「有明海（ありゃ毛かい）」って言うんでね（爆笑・拍手）、ムツゴロウって、あだ名がついているんですけど。で、普段は寝坊な人なんですけど、あの仕事で釣りなんかありますとね、パチッと朝、目が覚めまして、朝の四時でも五時でも出かけて行っちゃうんですね。不思議なものでございます。で、「どっちのほうへ行くんですか」って言うと、片目つぶっちゃってね、「シィー」って。自分の得意の釣り場って、絶対人に明かさないんですね。何か秘密があるらしいんですが、沢をのぼって熊に追いかけられたり、いろんな目に遭っているらしいんですね。禿鷹が熊に追いかけられるなんて、面白いと思います（爆笑）。

あたくしもあんまり知らないんですけど、釣り場を大事にしている方は、ずいぶんいらっしゃるらしいですね。

「ここのとこですよ、ここ。ねっ？　あたくしが前から目を付けていたんです。

この辺りだと釣れると思いますから、竿を降ろしましょう。やっぱり歩いてみるもんですね。いいところがありますから、この辺で釣りましょうよ」

一所懸命、この場所で釣りをしておりますと、近所の方が通りかかりまして、

「釣れますか？」

「はぁ？」

「釣れますか？」

「……ええ、さっきからずっとこうやっているんですけどね、……かからないいんですよ」

「釣れないかも知れませんね」

「あぁ、そうスか、……どうしてですか？」

「そこはね、昨夜の雨で水がたまったんですから」（笑）

水ったまりだったら、魚がいる訳ないんですけど。で、こういう噺は、あたし演るのは本当は嫌なんですけど、一応、古典落語ってのは、こういうのをふっていかなくちゃいけない（笑）。今、志ん馬さんに楽屋で言われたんでね（笑）、慌てて口移しで教わったんです（笑）。もう一つ、演りますけどね（爆笑）。

「釣《や》ってますねぇ？　えぇー、堪んないねぇ、どうも。えぇー、あの、竿の先がちょんちょんっと、えぇ、あのぅ、頭のほうがちょんちょんっと、なってますよ、あなた、え、お魚、かかってますよ、そこ大丈夫ですから、あの、（竿を）上げたほうがイイですよ、お魚、かかってますから。ほら、ちょんちょんっと」

「うるさいなぁ、アナタ。アンタ、うるさいんですよ。ねっ？　釣ってんのは、あたしなんですから、竿を上げようか下げようが、あたしの勝手でしょ？」

「いや、そんなこと言わないでさぁ、後生ですから上げてくださいよ、ちょんちょんっと、ほら、かかってるんですよ。上げてくださいよ！　あたし、急いでるんだから」（笑）

って、急いでいるんだったら、行っちゃったほうがいいんですけど……。

あたくしの結婚生活

一九八七年一月三十日　イイノホール
にっかん飛切落語会『鮑のし』のまくら

え〜、どうもお寒うございます。本当にようこそお運びいただきまして、ありがとうございます。今も、お客様がドンドン、ドンドンご入場でございます。ですから、こういうときにはですね、前半はとりとめのないことを申し上げましてꟷ(笑)、ピシッと決まりましてから、芸の神髄《しんずい》を（笑）、……そこのお客さん、「アハハ」じゃないんでございます（爆笑）。

もう結婚して十八年になりますけれど、夫婦ってぇのは不思議なものでございましてね。最近は、あたくし何か、起きるのが段々遅くなってまいりました。夜遅くまで勉強しているものですから（笑）、え〜、九時とか十時なんですね。起きると、カミさん、いないんですね。どっか行っちゃってんです。で、きっとご飯の仕度に戻って来るんじゃないかなぁって、ずぅーっと待っているんですけれども、戻って来ないんです。ね、で、台所のテーブルの上に貼り紙がしてあるか

ら、ひょいと見ますと、

「冷たいご飯が二杯分ございます。電子レンジでチンしてください」（笑）

なんて書いてある。扱いが段々ひどくなってまいりましてね。

で、まぁ、最近の落語家ってのは、いろんなものをこなせなくちゃいけなくて、あたくしなんかその先鞭でございまして、朝のモーニングショーのレポーターなんて十年間やってたことがあるんですけど、あの頃もひどかったですね。

五時半に起きるんです。で、六時半頃までにテレビ局に着きまして、いっぺん全体の練習っていうの、稽古、ランスルーっていうんですが、それやりましてね。それから生本番が始まるんです。ですから、五時半には起きまして、出かけるんです。すると、隣で寝ているものですから、カミさんも目覚めましてね、

「お父さん、どこ行くの？」

朝の五時半に遊びに行く人は、いないでしょ（笑）。で、

「テレビの仕事があるから、出かけるの」

「ああ、そう。寒いのにたいへんね」

って、毛布被ったまま布団の中から首と手だけ出して、バイバイする（笑）。

本当にサッパリした良い人なんです（爆笑）。

いろんな目に遭っておりまして。あのう、あたくしは、いろんなことに神経を使い過ぎてまして、身体には良くないですね。男性機能として、三年前まではほぼ健全だったんですけど（笑）。この頃は、もう、あのぅ、だらしがない。で、あたくしのカミさんは敏感でございまして、あたくしの状態を見て、ちゃんとそれらしい「あだ名」を考えましてね。ええ、「グニャチンだ」、「グニャチンだ」って（笑）。そうなんです……、昔は元気でございましたから、朝起きてトイレに行くと、顔に小便《しょんべん》がひっかかったりして（笑）、ビックリしたんですけど、この頃、全然ダメでね。象さんのお鼻みたいなものが（笑）、左の腿の付け根にこんなになっております（爆笑・拍手）。で、カミさんが、「グニャチンだ」、「グニャチンだ」って（笑）。小学校五年生の男の子（後の二代目林家木久蔵）がいるんですけど、喜んじゃってね（笑）。あだ名を憶えちゃって。で、普通の家だったら日曜日なんか、たまに、あたしなんか居たりするとねぇ、息子がガラって開けまして、

「お父さん、ご飯よ」

……ウチは違うんです。ガラッと開けて、

「グニャチン、ご飯だよ」（爆笑）

いろんな目に遭っておりまして。で、家に居るときは勉強になると申しますか、好きですからねぇ、何となくテレビを観てるんです。カミさんも並んで観てるんです。で、あたくしが参考になると思って一所懸命観ているテレビをガチャガチャって勝手にチャンネルを変えちゃいましてね。杉良太郎が出演《で》ている古い番組に切り替えたりなんかして、あたくしの顔と見比べて（笑）、

「同じ男でどうしてこんなに違うんだろう」

って、眺めて、比較して喜んでいるんです（笑）。

電話が鳴る。出ようとしませんよ。結婚した当時はね、珍しがって出てくれたんです。芸能人ですからね、美空ひばりとか吉永小百合さんとかから、電話があるんじゃないかと思って、出てくれたんですよ（笑）。どっからも、そういうところからは、電話がかかってこない（笑）。最高に有名な方からかかってきて、横山やすしですから（爆笑）。電話に出なくなっちゃってね。放《ほっぽ》ろかしたまん

ま、テレビ観ているんです。

で、あたしがすぐ出る訳にはいかないんですよ。そんなにすぐにスターの声が聴けちゃあいけないんだから（爆笑）。で、放っておくと切れちゃうんです（笑）。で、電話が鳴るとあたくしもね、男の沽券《こけん》にかかわりますから、

「おい、電話が鳴ってるんだから、出てくれよ……。電話が鳴ってんだから、出てくれよ」

って、女の人は強いですね。結婚して十八年も経つと、ゆっくりと、あたくしを睨みながら、内股搔いて立ち上がって（笑）、ハッタと睨んで歯茎全部見せて、

「分かったわよぉぉぉ！」

で、あたくしを跨《また》いで行くんです（笑）。跨いで行くたって、寝てるのを横に跨ぐんじゃないんですよ。正座しているのを縦に跨いで行く（爆笑）。温かい風が吹いてきて、ヘンな気持ちになるんです（笑）。どうぞ、会場の若い女性は、結婚なさったら、旦那様を縦にお跨ぎにならないように（笑）、お願いしたいと思いますが……。

三木助と彦六

一九八七年五月二十一日　イイノホール
にっかん飛切落語会『人形買い』のまくら

え〜、たいへん陽気が良くなってまいりまして、本当にようこそお運びくださいました。あたくしでお終《しま》いでございます。

昨日まで、池袋の演芸場であたくしトリを取っておりまして、十日間休まず務めていたんですけどねぇ。寄席のお客様は段々少なくなる一方で、一番少なかったのは、七人でございましたかね（笑）。昨日は二十人ぐらいでございました。……出演者は二十四人いるんです（爆笑）。一人に一人があたっても、未だ余っちゃうんですからね（笑）。ええ、（変なもんだなぁ）っと、思いながら、それでも、その二十人の人が、お家にお帰りになってからいろいろ御批評下さるんじゃないかと思って、一所懸命演ってまいりました。今晩のこのぐらい来て下さると、たいへんありがたいです。だから、お客様というのは、来ようと思えば来られるんですね（爆笑）。どっかで、サボっているんですよ（笑）。ちゃんと、生きていただきたいと思っておりますがね（笑）。

え〜、先ほど出演した桂三木助（四代目）さんは、先代の桂三木助師匠のお子さんでして、あたくしは先代の桂三木助師匠の弟子でございました。林家木久蔵の「木」という字は、「もく」と呼びますけど、この「木」は、三木助師匠の「木」からとったもので、それから三木助師匠が亡くなった後に引き取られまして、林家正蔵、後に彦六になりますけれども、こちらに引き取られまして、この「蔵」をもらいまして、長続きがするように「久しい」という字が間に入りまして、木久蔵という名前をいただきました。これは前座名でございまして、あたくしは改名しないで、ずぅーっとこの名前を大事にしております。あたくしだけなんですね、二人の師匠の名前が込められている名前ですから、偉くならなくちゃいけないと思って、もう、人の倍以上、勉強したり、しなかったりしてるんですけど（爆笑・拍手）。

で、あの人は、小林盛夫《こばやしもりお》って言いまして、今の桂三木助さんはね。小さん（五代目）師匠と本名がおんなじなんです。ですから、あたくしは小さいときから、あの子の子守りをしておりましたから、「盛《もり》くん、盛くん」って言っておりました。その癖がございます。で、楽屋でも、「盛くん」なんて言うと、二人に返事されちゃうんですね（笑）。会長（五代目小さん）も出て来ちゃったりなんかいたしまして（爆笑）。え〜、小さん師匠のほうは、そう可愛くない「盛くん」なんですけど（笑）。

で、先代の桂三木助（三代目）師匠というのは、あの、『とんち教室』でたいへん売った方でございまして、え〜、厳しい師匠でしたね。人使いが荒かったです。で、あたくしが入門しましたのが、昭和三十五年の八月の十五日でございまして、終戦記念日ですから、忘れませんけれど。あくる日から着替えを持って、師匠の家に弟子入りいたしました。あたくしが入ったというんで、上に兄弟子が三人居たんですけど、みんな稽古があるとか、昼席だとか言って、ドンドン出かけちゃうんですね。で、見習い前座でございまして、あたくしが桂木久男という芸名をもらいまして、ウチの家事一切を引き受けて働いておりました。家事を手伝ってあとは、子供さんが三人いるんですね。

おかみさんと、三木助師匠の齢《とし》がずいぶん離れておりまして、頑張りまして三人お子さんがいらっしゃった。で、御長女が七歳で、さっきの小林の盛くんが五つでございまして、三つの女の子がいましてね。で、三つを背負《おぶ》って、七つと五つの手ぇ引いて（笑）、三時頃から公園に遊びに連れて行ったものでございます。で、それで済まないいんですね。公園に行こうとすると、必ずおかみさんが、

「洋《ひろし》（木久蔵・本名）さん、ちょっと待って。ついでに、晩御飯の仕度もあるからね、買い物をして来てちょうだい」

って、買い物袋をあずけられまして、その中にガマ口が入っていまして、メモが書いてあるんですよね。カボチャが半分だとか、アジの開き三枚だとか、師匠がクジラのベーコンが好きでございますから、クジラのベーコン二百グラムとか、いろんなことが書いてある。で、それで出かけようとすると、おかみさんが、

「ちょっと待って、あの、犬も未だ散歩させてないから（笑）。犬も連れて行ってちょうだい」

「冗談じゃないですよ、おかみさん。一人背負って、二人手ぇ引いて、腕に買い物かごを通して、犬二匹をどうやって連れて行くんですか?」（笑）

「あんた、頭を使うのよ。犬には鎖が付いているでしょ？　あんたは胴体が空《あ》いているでしょ？　そこに、こう、絡み付けて引っ張ってもらえば、犬の散歩も出来るじゃないの」（笑）

ですから、あたくしは南極探検のよっぽど前から（爆笑・拍手）、犬に引かれて出かけていたんです（笑）。

で、師匠の家が山手線の田端でございます。高台にございまして、田端銀座に向かって、三時か四時頃、子供さんを背負って、二人手ぇ引いて、犬二匹引きずって（笑）、買い物かごぶら下げて、坂を下りてまいります。折から西日になりましてね。あたくしを中心にした影が長ぁぁく（爆笑）、移動して行くんです。あたくしを中心にして生き物が六つ塊《かたまり》で（爆笑）、坂を下りて行くんですね。すごい修業だと思って、ビックリいたしました。

で、師匠が翌年の一月に亡くなりまして、え〜、哀しかったですね。この人と思って行った方が、いなくなっちゃったんですからね。え〜、それで困っておりましたら、紹介して下さったのが、亡くなりました文楽（八代目）師匠と、え

〜、今の小さん（五代目）師匠が間に入りまして、「どこへ行きたいんだ？」ってね。で、彦六師匠、その時分の名前は正蔵師匠のところを、あたくしは目指した訳でございます。

この「目指した」というのは、先ず、家がとても狭かったということでございます。長屋でございますから、三畳と六畳しかないんです。（これは、お掃除、十五分で済むなぁ）って思ってね（笑）。それまでの三木助師匠のお宅と言うのは、数寄屋造りでございましてね、乾いた布で廊下なんかピカピカにしなくちゃいけませんでしたし、とにかく一日中磨いてなくちゃいけなかった。そりゃぁ、お掃除はたいへんで、子守りもありましたから、子供さんもリサーチしました。あちらも、お二人いらっしゃったんですけど、御長女が四十二歳（笑）。御長男が三十八歳で踊りの師匠でございます。これを背負ったり、手ぇ引いたりする訳ないです（笑）。「こらぁ、イイ」ってんで、喜んで入門させていただきましたら、調査漏れというのがございますね（爆笑）。

あたくしの師匠（林家正蔵・後の彦六）は、怪談芝居噺の大家《たいけ》なんです。全然知らなかったです。落語家は落語を演るだけだと思ってたんです。そうしたら、正蔵師匠が正当な怪談噺の継承者だって言うので、ビックリいたしましたですね。

夏になりまして、あたくし未だ何にも知らないでね。二階を全然使っていないから、(どうしてるのかなぁ)って、思っていたんです。そうしたら、芝居噺の道具や、いろんなものがしまってあるから二階を使ってなかったんですね。二階からいろんなものを下ろしてまいりまして、兄弟子がね、虫干しを始めまして、柳朝《りゅうちょう》さんとか、文蔵《ぶんぞう》さんとか、枝二《えだじ》さんとか、皆、……気が利かないんですよね(笑)。皆太っておりましてね、文蔵さんって人は、その頃は勢蔵《せいぞう》さんといいまして、志ん朝さんととっても仲ぁ良かったんです。志ん朝さんがずいぶん、あのぅ、ウチの師匠のところに噺の稽古に来ていたんですね。

でも、ウチの師匠はね、「志ん朝ってのは、間抜けだ」って言ってましたよ(笑)。やっぱり、お掃除するんですよね。稽古つけてもらって、その授業料の代わりに。何か手伝ってね。それで、帰るんですけど。師匠が、

「埃が立つときは水、撒け」

って言ったら、畳の上に水撒いていて(爆笑)。

で、柳朝さんが何か上から持って来て、干しているんですね。黒幕やなんかを、

「兄さん！　何やってんですか？」

「バカ野郎！　師匠が幽太《ゆうた》演《や》るって言ってんだよ」

「幽太って、何ですか？」

「幽霊だよ！　怪談噺ってのが始まるんだよ」

「ああ、そうですか、怖いでしょうね？　怪談……」

「それは聴くほうの奴が言うんで、おまえ、演るほうはそんなに感激しちゃいけないんだから」

「そうですか……、幽霊って誰が演るんですか？」

「おまえが演るんだよ」（爆笑・拍手）

ピカピカの青春でございました（笑）。入った途端にすぐ演らされたのが幽霊死びとの役で、もう、この印象の強いことね。青〜く顔を塗りまして、目の上には瘡《かさ》貼りまして、血糊たらしまして、ざんばら髪ね。で、白い衣装を引きずりながら出てまいりまして、幽霊の出方ってのがあるんですね。摺足《すりあし》で出て来るんですよ。それで、あの、マイケル・ジャクソンみたいに演っちゃいけないんですよ

（爆笑）。ああいうの、演っちゃいけないんですね。手だって、こう、たてに重ねるんですよ。で、細身に見せなくちゃいけない。で、上手《かみて》を切ってから下手《しもて》を切れってね。楽屋に大きい姿見がありまして、その前でしばらく稽古するんですけど、バカバカしいったらありゃしない（笑）。でも、師匠に誉められました、「上手い」って（笑）。「別に何にもお化粧しないでいい」って言われちゃって（爆笑）。どういう意味なんですかね？

　長い髪のカツラを被っちゃうと暑いもんですね。それじゃなくても楽屋はたいへん狭いんです。で、上野の鈴本なんかはビルの三階でございますから、狭くて暑いですからね。あたしはお化けの恰好をしていますから、誰も仲間が話しかけてくれません（笑）。鏡の前でガッカリしてるんですけど、まぁ、暑いからしょうがないって、窓を開けましてですねぇ、顔を突き出して涼むんです（笑）。

　普通は幽霊が出て来るのは、夜の八時半からですから（笑）。七時ごろに師匠が来てくれればいいんですけど、心配なんですね、いろいろ道具のことがね。五時頃に来ちゃうんです。夏の五時だと明るいです。で、師匠があたくしが幽霊の仕度をしてなかったら、「おまえ、どうしたんだ!?」って怒りますから、あたくしは四時半までに、幽霊になる（笑）。で、衣装なんかあんまり洗濯してないから、何かね、柔道着みたいな臭いがするんです（笑）。何かヨーグルトかなんかをぶっかけたような臭いがいたします（笑）。ねっ？　身体は臭いし、顔は怖いし。怖い臭い塊が鏡台の前に座ってるんですから（笑）、仲間なんか誰も相手にしてくれない（笑）。で、あのざんばら髪っていうのはね、暑いんですよね。いやぁー、暑いったらありゃしない。

で、上野の鈴本は三階でございますから、楽屋がね。サッシの窓を開けましてね。この辛さを察し（サッシ）てちょうだいなんて言ってね（爆笑）。これを開けまして、で、両手で髪の毛を持ち上げて涼んでいる（笑）。顔に夕日があたるんです。夕日のあたる幽霊なんか、見たことがないでしょ？　裏にね、焼肉屋さんが、ずらぁーっと並んでおりまして、早めの晩御飯を済ませた人がね、爪楊枝くわえて、せせりながら出て来るんですね。で、あたくしが遥か上のほうで涼んでいますから、人の気配で何気なく見上げまして、

「うわぁぁあぁぁあっ！」（爆笑）

だから、あたくし、鈴本演芸場の表と裏で怖がらせていた（爆笑・拍手）。

怪談芝居噺って、たいへんなんですね。師匠はいいんです。筋運びだけ演ってればいい。周りはいろんな形で手伝わなくちゃいけないです。小道具も必要でございますしね。雨音っていうのがあるんです。「軒端を誘う雨の音」という師匠のセリフがきっかけで雨音が入ります。一升枡に半分ぐらい小豆入れまして、小さい穴が空いてましてね。それに油紙《あぶらっかみ》が張ってあって、象さんのお鼻みたいに垂れているんです。黒子被った前座さんが、それを持って、横に振るんですね、キッカケで。ザァーって音がして、これは雨音でございます。

風音は、大胴（大太鼓）を長バチで、ドドドドッド、ドドド。幽霊が出てまいりまして、

「恨めしやぁ」

ドドドドン！　ドロでございます。それから、雷の音っていうのがありまして、これは箱型のそろばんの深い奴に、滑車が六つ付いておりまして、で、上手《かみて》にこれを置きまして、下手《しもて》でね、長い紐が付いています。前座さんが持っておりまして、雷のキッカケで引っ張ると、ガラガラガラガラって、いっぺんしか出来ないんです（爆笑）。で、早く演っちゃうと、もう、たいへんなことになっちゃ

う（笑）。それからカンノウって結構太い、呼吸のたいへん難しい笛がございまして、これを兄弟子が吹くんです。

「♪　ヒユウウウウウウ（笛を吹く仕草が、幽霊の所作にそっくり）」

手前《てめえ》が幽霊を演れって言うんです（爆笑）。で、幽霊は足が見えちゃぁいけませんから、あの、ドライアイスを焚きます。ドライアイス、これを洗面器に入れまして、ドライアイスを両方の袖から出します。で、二人黒子がいましてね、一人は上から熱湯を垂らすんです。と、ドライアイスがビックリして、いっぱい煙を出すんですよ（笑）。そうすると、下のしゃがんでいる黒子がですね、団扇や扇子で平らにして均《なら》すんですね（笑）。ずいぶん手のかかったことを演るもんでね。ところが上から熱湯を垂らしているものですから、湯が弾けますから、

「熱ちちちち！　熱ちちちち！　熱ちちちち！」（爆笑・拍手）

で、扇子や団扇で押さえながら、ドライアイスをたなびくようにですね、こうやって、ずいぶん原始的なやり方するもんでございます（笑）。で、これがモクモクモクモク、まぁ、両側から出しているから、かなりの量でございまして、これがお客様のほうへ、すぅーっとたなびいてまいります。お客さんの首から下を

すっぽり包んじゃって（笑）、皆、雲のあいだから様子を見てる（爆笑）、孫悟空みたいになっちゃってね（笑）。高座から眺めていると可笑しかったですね。

で、あたくしは、幽霊演ってないときは、人魂《ひとだま》を出してたんです。人魂でございます。他の玉を出しちゃいけないんです（爆笑）。幾ら夏で蒸れるからって、こんなところで広げてごらんなさい（笑）。お客さん驚いちゃって、明日から来なくなっちゃいます。人魂でございまして、当時は消防法が緩やかでございましたから、高座で直火《じかび》を使ってよかったんですね。釣竿を長ぁくつなぎまして、黒く塗ってあります。お客様から見えないように細い針金を吊るしまして、子供の拳《こぶし》ぐらいの脱脂綿をキリキリってこれに巻きまして、焼酎を染みさせて絞った奴に、パッと火をつける。これをすぅーっと暗闇へ出します。で、大きく振りますと、これが行ったり来たりいたしますから、お客様が、「ああ、これから（幽霊が）出るわよ。すごいわよ。寄席はやっぱりこれが夏の風物詩ね」って、いろいろ言うんですね。

ところが、こっちも一所懸命に演るのは初日、二日目、三日目あたりでございます（笑）。毎晩同じ噺をしているんですね。手伝う人間も同《おんな》じでございまして、幽霊かこれしかないんですから（笑）。退屈でございます。やっぱり間合いが分かってくると、喋りながら手伝うようになる。柳朝《りゅうちょう》さんという人が、たいがい大胴につかまっておりまして、これもただドロドロって演る為だけに一日中寄席にいるんです（笑）。で、あたくしも人魂の為にいますから（笑）、二人で喋りながら、

「ねぇ～、兄さん、毎晩こんなことやってますけど、あれですねぇ。お客さんも飽きないかしらねぇ。早く終わってビール飲みたいんですねぇ」（笑）

　なんて言いながら演っておりますから、横に振らなくちゃいけないのが、こう、縦になってる（笑）。こんな大きい火の塊が、一所懸命喋っている彦六のうしろに、近づいて来たり遠ざかったり（笑）、近づいたり遠ざかったり（爆笑）、本人は全然気がつかない。前のほうのお客さんが騒いでまいりまして、

「おい、大丈夫かね？　おい。師匠に、危ないじゃない。師匠に（火が）つくんじゃないの？　燃えるんじゃないの？」（爆笑）

大騒ぎをしております。「怖い」とか、「すごい」とかって言うのが、耳に入り

ますから、師匠は自分が誉められているのかなと（爆笑）。ここを先途《せんど》とばかりに高座に力が入ってまいりまして、

「（彦六の口調）浄善ヶ淵《じょうぜんふち》というところに、差し掛かってまいりますと、辺り一面は磨墨を流したような真っ……」（笑）

タンがからんじゃって、声が出なくなっちゃった（笑）。前のほうの客さんが良いほうへ解釈《とっちゃ》って、

「上手いねぇ、良い『間』だね、おい（笑）。ほら、急に黙っちゃったろ？　こうやって引きつけるんだよ」（爆笑）

なんて、タンがからんじゃっただけなんですけどね（爆笑）。

「（彦六の口調）……真っ暗闇、いずれの山寺で打ち出すのか、鐘の音が。陰にこもってものすごく。……熱ちぃぃいいいい！」（爆笑・拍手）

こんな大きい火の塊が、頭のうしろに、ぴたァーッとくっつきました（爆笑・拍手）。ポマードに燃え移って、ボウッ（爆笑・拍手）。「熱い、熱い」と高座で師匠がのたうち回っております（笑）。前のほうのお客さんが、「火事だ！」（笑）。前座さんがビックリいたしまして、上野の消防署に電話入れまして、

「すみません。高座で師匠が燃えてるんですけど」（爆笑・拍手）

消防署も聞いたことないから驚きまして、

「すぐ行きますから、そのままにしておいてください」（爆笑・拍手）

ですから、あたくしの師匠ってのは、いろんな目に遭って死んでいったんです

（爆笑・拍手）。

彦六師匠がモデルのドラマ

一九八九年七月十一日　イイノホール
にっかん飛切落語会『彦六の怪談』のまくら

ＮＨＫの水曜日、テレビなんですがね。え～、水曜ドラマってのがありまして、で、今、あたくしの師匠・彦六の林家正蔵時代をモデルにした『晴れのちカミナリ』というドラマをやっておりまして。え～、こないだから我が家でも観ていたんですけど、何か段々とモデルと離れていっちゃって、（つまんないなぁ）と思って観ているんですけど。もっと、あたくしの師匠は、面白い人だったんですよね。え～、エピソードがたくさんありました。で、ＮＨＫさんのあのドラマは、林家正楽といいまして、あたくしの兄弟子が書きました本を元にして拵《こさ》えたんですけど、それでも薄めればあれだけ薄められるんです。あたくしとか、小朝君は出てこないんですよね（笑）。師匠の役は、杉浦直樹さんが演ってまして、で、一応参考意見であたくしのところにも取材にＮＨＫさんがお見えになったときに、「木久蔵さんの役を演るとしたら、役者さんは誰がいいですか？」なんて、訊くんですね。まぁ、小朝君は渡辺徹あたりがいいんじゃないか（笑）。あたくしは、「まぁ、マッチでも、トシちゃんでも（爆笑）、どっちでもいい」って言ったら、「近江俊郎《おうみとしろう》さんですか?」って言われちゃったんです（笑）。

まぁ、あの、いろんな面白いエピソードがある人でございましてね。で、長いことお話しをしたんですけど、まぁ、取り上げていただいてないんで、まぁ、難しいんでしょうね? ドラマで笑わせるってのは、難しいと思いますね。喜劇じゃないいんですからね。

まぁ、その、あたくしは何にも知らないで林家正蔵のところにまいりましてね。その前が桂三木助師匠のところに、昭和三十五年の八月十五日に入門いたしまして、師匠は高座を一所懸命演っておりましたけれども、もう、かなり具合が悪かったんですね。で、気が利くからって、直ぐに巡業に連れてってくださって、三木助師匠と一緒に、まぁ、九州一周したり、四国をまわったりしたんですけども。もう、具合が悪いものですからね、癌が身体を蝕んでおりまして。楽屋で敷き布団が敷きっぱなしなんですね。で、高座は板付きと申しまして、釈台が置いてありまして、そこの座布団の上に師匠を置きまして、え〜、師匠がこの釈台に寄り掛かると幕がパァーと開くんでね。

だいたいあたくしは、落語家って言うのは、皆、具合が悪くてですね（笑）。楽屋でああやって寝ていて、で、お弟子さんがおんぶして舞台に置いてですね、それから幕を開けると、ああいうのが落語家だと思っていた（笑）。そしたら、一人で歩いて座れる人もいるんで、寄席に行ったらビックリしちゃったんですね（爆笑・拍手）。

本当のことのほうが面白い

一九九一年九月二十三日　イイノホール
にっかん飛切落語会『目黒のさんま』のまくら

え～、台風で大騒ぎをいたしましたが、東京は一過いたしました。昨日は、札幌に居りまして、帰れるかどうか、ちょっと心配でございましたが、まぁ、大したことなくよかったなぁと思っております。

え～、岡山に知り合いが居りますんで、津山ってところなんですけどね。電話入れたんですよ、（台風の）お見舞いのね。そうしたら、あそこもあんまりたいしたことなかったって言うんで、……まぁ、あたくしの知っている人は、皆、たいしたことなく……（笑）、（良かったなあ）と思っておりますけれど。

いろんなところにお喋りにまいりますが、この間、十五日は敬老会でしてね。高崎の敬老会でございまして、八十五歳以上のお年寄りを千四百人も呼んじゃったんですね（笑）。連れてくるほうもたいへんなんですよ（笑）。で、座ったお年寄りもたいへんでございましてね。やっとたどり着いてね、で、お互いに支えあいながら聴いてる（爆笑）。全然笑わないんです。で、分かり難いのか、聞こえ難いのかと思って、オーバーに演りまして大きい声を出しましても、ニコッともしないいんですね（笑）。で、楽屋に戻ってまいりまして、係の方に謝ったんです。

「すみませんでした。何かいたらないものですから、全然笑ってくださらなくて……」

「とんでもないです。喜んでらしたんですよ」

「えっ。本当ですか?」

ときどき、口元がピクピクって上がったらしいんです（笑）。あれで、相当笑っているそうですね（笑）。で、もう、半分ぐらいの方は笑う元気がない（笑）。で、あと半分の方は、耳が遠いんですって（爆笑・拍手）。最初に言ってくれればいいんですけどね（笑）。本当にいろんなところで喋っております。

で、札幌はねぇ、中学校なんです。中の島中学校というところで、お昼に喋りました。あと朝、朝に落語を演るっていうのは、演り難いですよよね（笑）。「学校寄席」っていいますから、午前中もやるんですね。札幌中学校、もう、生徒は眠そうな顔しております（笑）。これも、笑ってくれないんですね。

あの、言葉が死んでいくという、……ことですかね。あのう、落語のね、いろんなことが分かんなくなって来ちゃっているんです。例えば、煙管《キセル》でタバコを吸う仕草がありますね。で、煙管と扇子はこれだけ噺の中で使われるんだって、火種を引き寄せて、プッと吸う仕草を演りますよね。今の子供、分からないんです。煙管を見たことがないし、炭火を見たことがないし、火種なんか知りませんから、

「あのオジサン、扇子をしゃぶってどうしたんだろうね？」（爆笑・拍手）

で、欄間《らんま》なんて言っても分からないんですよ。長火鉢って言っても分かりません。八つぁん、熊さんって言うと、

「動物ですか？」（笑）

なんて訊くんです。で、大家さんと言うと、

「見たことない」（笑）

奉公人と言うと、

「どこの国の人ですか？」（笑）

だから、ドイツ人、フランス人、ホウコウ人（奉公人）っていうのがあると思っている（爆笑）。たいへんでございますよね。

ですから、まぁ、あたくしは落語が無くなるとは思いませんがね、残っていくものがあって、また新しく生まれていくものがあって、で、新しく作るっていうのは、これはとても難しいんですね。この着物姿で洋服の噺をするってのは、不自然でしょ？　ところが、そういうことを全部超越してしまいましてね、何ていうんですか、本当にあったことを面白くお話しする。これで、結構、落語っていうのは、また新しく誕生していくと思うんですね。

例えば、ペレストロイカっていうのがありましてねぇ。ソ連とアメリカの仲直りとか、いろいろありますよね。こういうことで、

「向かいの空き地に囲いが出来たね」

「へぇー（塀）」

なんていうのは、もう、スケールが小さいですから、

「ドイツの壁が壊れたね」

「ヘイ！（塀）」（笑）

とかね。

「ローマで一番多いのは、老婆です」（笑）

とか。

「イタリーによく行きますか？」

「行たりぃ来たりしてます」（笑）

別にスケールは大きくないんですけど、まぁ、捨てたもんじゃないと思うんですけどね。そういう工夫であるとかね。

それから、本当のことって可笑しいですよね。例えば花粉症のお母さんが一日中大きいマスクをしているんで、忘れちゃって唾したら汚かったとか（笑）。それから、全部脱いだつもりでねぇ、脂足のお父さんが、靴下だけはいてお風呂に入っちゃうだとか（笑）。使い捨てカメラなんてありますねぇ。あれで写真を撮ったお父さんが、遊園地で十二枚撮ったら捨てちゃったとか（爆笑・拍手）。今、世の中って本当のことのほうが面白いですね。

あたくしがスペインのバルセロナに、ラーメン屋さんを、四十五坪の小さいラーメン屋さんですけど、出したのが昨年の十月の二十八日でね。十月に入るとやっと一年なんですが、もう、悪戦苦闘しておりましてね。これが、本当にバカバカしい話なんですけど、あの国にはラーメンという食文化は無いんです。それが、パスタの国で、マカロニとかスパゲッティはたくさん食べるんです。で、スープヌードルってのも微かにあるんですねぇ、こう、ハサミで切った麺が浮いているんです。で、「あれで、いけるんじゃないか」って、やったんですけど、一番驚いたのは、あのシエスタって習慣がありましてね。昼寝しちゃうんです。これ二千年前からやっているっていうんで、もう、やってないだろうと思ったらね(笑)。本当に寝ちゃうんですね。毎日、十二時から四時、一日の一番良い時間に昼寝が入るんです。ですから、お昼にオープンしていても、誰も来ないんです(爆笑)。元日の朝みたいなんです。

だいたい向こうの映画館でも商店でも夕方の六時から始まりまして、あのう、何ていうんですか、日が長い国でね、一年中五月みたいないい気候なんですよね。で、日が長いんですね。八時になっても未だ明るいんです。だから、時計してないと分からないんですす、時刻がね。で、お店を六時半から開店にしたんです。で、十一時半閉店ということにしたんです……、もうじき『目黒のさんま』に入りますから安心してください、大丈夫です（爆笑・拍手）。『スペインのさんま』って噺にすればよかったんじゃないかと（笑）、まぁ、思っておりますがね。

で、六時半開店で、夕方のね。十一時半クローズにいたしました。したら、向こうはね、生活の習慣が日本とまるで違うんです。サラリーマンの方は、だいたい九時から十二時まで会社で、お仕事ですね。それから自宅へ帰りましてワインをゆっくり飲んで、二時間昼寝をいたしましてから、お母さんの手作りのお料理をゆっくり食べまして、お話しをしながらね。それからまた四時に会社に行きまして、会社が八時に終わるんですね。ですから、外食をするとしたら九時なんです。で、ウチも九時には満員になります。春巻きも餃子も良く売れて、満員になりますがね、向こうの人はラーメン一杯食べるのが、二時間かかるんです（笑）。だいたい食事は二時間なんですね。それで、熱い物がダメなんです。

熱々のラーメンを運んだときに、ビックリしましたですね。ワイン片手にジーッと見てるんです（笑）。だからね、見たことがない食べ物だから、ビックリしてるのかと思ったら、そうじゃないんです。冷めるのを待っているんです。国民性として熱いのが食べられないんですね。ええ、スープなんかも温いですから。で、冷めるのを待ちます。やたら、冷めます（笑）。もう、ふやけちゃってね（笑）。もう、見事に麺が伸びたラーメンになっております（笑）。で、（どうするのかなぁ?）って思って見ていますと、ナイフとフォークが置いてありますが、割り箸ももちろん置いてあります。これを袋から出しましてね、割り箸を一応広げるんです。（あっ、割ってくれるな）と思うと、割らない。割れる直前のものを、こう、持って行きましてですね（笑）、上の具を下ろすんです。で、たいがい、一番上あたりに、麺が一本ぐらいピョンと出ています。それを割りかけの箸でパチンと挟むんです。それから、クルクルっと巻きまして、「きりたんぽ」みたいなラーメンが出来るんです（笑）。それからスープを切りましてですね、大きい口開けて、縦に持って行って、口で外すんですね。（変な工夫をしているなぁ）っと思ったら、あのう、音をたてるのが、向こうのマナーで最悪なんですね、こう、ラーメンを、ズズッー、ズズッーって、これがいけない（笑）。だから、向こうの人は、向こうの人なりに悩んで考える。で、二時間かかる。九時に満員で二時間かかってごらんなさい。十一時ですよ。あと、あと片付けとお掃除で三十分じゃ足りないんですね。だから、満席で一日一回転しかしないんです（爆笑）。

で、もう一つ調査漏れがありまして、向こうの人の平均収入が、月収七万円なんですね。ですから、ラーメン一杯五百円だと向こうの人にとってはたいへん高いものについちゃうから、半値ぐらいじゃなくちゃいけないんです。一杯二百三十円で出しておりまして、餃子は百八十円なんです。ええ、本当にね、これからドンドン日本の方に来ていただくしかないんですねぇ（笑）。で、皆さんも、こんなところでボンヤリしてないでね（爆笑）、明日、貯金通帳を見てすぐ飛び立って下さいよ（爆笑）。バルセロナ、タウマニア通りの「木久ちゃん館」と言うラーメン店でございます。餃子が百八十円で、ラーメンが二百三十円（笑）。ちなみに航空運賃ですが、成田からバルセロナ直通で、正規料金が七十万円です（爆笑・拍手）。お気軽にどうぞ（笑）。ですから、本当のことのほうが可笑しいですよね。

まぁ、それはそれといたしまして、『目黒のさんま』というのは、あたくしが直《じか》に師匠に教わりましてね。師匠に教わったって言いますが、師匠があぁいう人でございますからね、なんか震えながら教えてくれましてね（笑）。あたしは、何の噺だかよく分からなかった（笑）。
「（彦六の口調）噺の稽古をつけてやるからぁぁ、そこへぇお座りぃ」（笑）
「ありがとうございます。それじゃぁ、よろしくお願いします」
「（彦六の口調）お前は、震えなくたっていいぃぃ！」（爆笑・拍手）
まぁ、こんな感じでございました。それをあたくしなりに、直して、直しちゃいけませんね。崩しまして演りますのが、これからのお噺でございます。

昔は二百六十余大名というのがあったんだそうでございます。え〜、お殿様というのはたいへんだったそうですね。戦国時代は礼儀作法がうるさくなかったんですが、段々平和になりますとね、言葉遣いなんかが、厳しくなってまいりました。間違ったことを仰《おお》せになると家来が一所懸命御諫《おいさ》めをいたしましてね。で、殿を御諫めしてもお聞き入れのない場合には、切腹をして御諫めをしたんだそうですね。で、一人が腹を切っても言うことを聞いてくれないと二人が切っちゃう。二人でもダメなら四人です。四人でもダメなら八人。八人が十六人（笑）、十六人が三十二人（笑）。こんなに腹を切られちゃたまりませんから、お殿様も家来が少なくなっちゃいけないっていうんで、言うことを聞くようになりますが、家来のほうでも腹を切るのは、「大家来（嫌い）だ」って、いい洒落じゃないんですけど、こういう風に演れって教わったんです（笑）。

「（彦六の口調）ここんところでぇ、ウケるからぁ」（爆笑・拍手）

全然、ウケないの（笑）。笑わないとバチが当たって、今夜、師匠の幽霊が出てきますよ（爆笑）。

※現在、林家木久扇は、バルセロナの『木久ちゃん館』というラーメン店の経営にタッチしておりません。

SONY

退屈してない旗本退屈男

一九九一年十二月十七日　イイノホール
にっかん飛切落語会『目黒のさんま』のまくら

押し詰まってまいりましたが、お寒い中を本当にありがとうございます。

今日の演し物《だ》は、前回にこの会を欠席したときの演目でございます。あたくし、あの夜は富山に行っておりましてね。この落語会に間に合うつもりでおりましたんですが、飛行機が、来ないんですね（笑）。東京から飛行機が来ないから、え〜、それに乗って帰る訳だったんですけど、五時になっても来ませんし、六時になっても来ないし、とうとう東京に着いたのが九時でございまして、こちらに来たら誰も居なかったんです（笑）。え〜、本当に申し訳ないと思っております。

まぁ、あの、いろんなことがございましてね。え〜、仕事を欲張っちゃいけないと、つくづく反省した次第です。……売れているから、しょうがないんですけどね（笑）。圓楽さんより売れているんですよ（笑）。さっきもウチの店に電話かけたら、ラーメンが五杯売れたって言っていました（笑）。

あの、お付き合いっていうと、我々のほうでは、『旗本退屈男』の市川右太衛門のことになるんですね。八十五歳ですよ、お元気ですよ。嵐寛寿郎さんも、阪妻《つま》さんもね、長谷川一夫さんも、片岡千恵蔵御大《おんたい》も、月形龍之介さんも、高田浩吉さんは、……まだ元気です（笑）。いまちょっと、びっくりしたんですけど、市川右太衛門さんは、八十五歳です。で、来年また春から、全国を『旗本退屈男』の実演で巡《まわ》るっていうんですよ。岡田茉莉子《まりこ》さんが相手役のお姫様でね。お姫様が六十五歳なんです（笑）。二人で足すと百五十歳になっちゃう（爆笑）。それで、一番良い席が一万五千円でございまして、払って観てる人がいるんですからね。リハビリを、お金払って観ているみたいなもんでございます（爆笑・拍手）。すごいですね、日本人って、人がイイですよ。

で、あたくしも、テレビ朝日の北大路さんの『旗本退屈男』、よく出演させていただいて、今度で七本目です。先日、撮ってまいりましてね。これは、来年の三月に放送になるそうです。今は、北大路欣也さんがいいですね。この間『江戸城大乱』ってのがフジテレビ系列で作られまして、まぁ、あれも、たいへんお金がかかっておりまして、力作でございます。是非観ていただきたいと思います。今、松方弘樹さんと北大路欣也さんですね。で、ちょっと一馬身ぐらい抜いているのが、北大路欣也さんでございます。

『銭形平次』も当たっているらしいですね。あれ、難しいですよ。世話物《せわもの》っていいましてね。捕物帳でございますから、あんまり派手なシーンが無いんです。ですから、長谷川一夫さんが当てましてね。それから、橋蔵さんが演って、今、北大路欣也さんがはまっております。平均視聴率が二十三パーセント、すごいですね。『笑点』も、結構良いんですけど、平均視聴率二十三ということはないですね。司会者の顔が長いもんですからね（笑）。画面がいっぱいになっちゃうものですから、気味が悪いって（チャンネルを）変えちゃう人がいるんです（笑）。

すごいですね、二十三パーセント、平均視聴率。一パーセントは六十万人の方がご覧になっているんです。十パーセントだと、六百万人。二十三パーセントですからね、……すごく大勢の方がご覧になっている（爆笑）。

で、あたくしと歌丸さんがコンビでございまして、先日『退屈男』で演ったのが、お大尽《だいじん》の役でね。歌丸さんが、果物問屋のお大尽で、毛之国屋文左衛門《けのくにやぶんざえもん》っていうんです（笑）。……毛之国屋文左衛門。で、あたくしはラーメン党でございますから、麺問屋の主人で、鳴門《なると》屋《や》免馬《めんま》っていう（笑）。出て来た途端に、のされちゃうんですけど、まぁ、麺はのしたほうが美味しいって、監督が言っていましたけどね（笑）。

　歌丸さん、痩せてんですよ。もうね、身体を何とかこうね、豊かに見せようってんで、お中元のタオルをいっぱいお腹に入れて、突っぱらかって演ってんですけど、こんなになってね。お大尽に、見えないんです。人の悪口は言いたかありませんがね（笑）。

　で、お茶屋のシーンでございまして、二人ともお大尽なのに、退屈男のお殿様にご馳走になっているシーンでございます。どうしても北大路さんを見ていますと、お父さんとダブってきますね。顔がそっくりになって来ましてね。若い頃の市川右太衛門さん、そっくりです。

　で、あたくしが戦後観た『退屈男』っていうのは、昭和二十五年ですね、『毒殺魔殿』。東横映画って会社がありまして、東映の前身です。……なかなか『目黒のさんま』に入らないんです（笑）。今、困っているとこなんですけどね

(笑)。しょうがないから、続けますけど。昭和二十五年なんです。

東横映画って会社は、東映の前身ですから、未だ敵役の薄田研二《すすきだけんじ》だとかね、進藤英太郎とか、山形勲《いさお》がいないんです。一番悪いのが、月形龍之介。それを補佐しておりますのが、原健作《はらけんさく》、加賀邦男、阿部九洲男《くすお》、香川良介、チャンバラ映画が解禁になりましてから、皆、水を得た魚のように張り切っておりました。

一人ずつアップで押さえていきます。カメラがなめてまいります。……あの、カメラマンがそばに来て、舐めるんじゃないんですよ(笑)。カメラが、こう、一人ずつ映していくのを、「なめていく」って言うんです。皆、アップで映りますから、もう、カメラを引き込もうってんで、一秒でも余計、映ろうってんで、オーバーな芝居をしておりましてね。

悪家老の家に、深夜に集まって、皆で連判状にサインをしている。真ん中におりますのが、月形龍之介、敵役でね。あたしは大好きでした。

「(月形の口調)御一同、これなる連判状に御署名を賜りたい。徳川泰平の世、そう長くはないと見た(拍手)。フッフッフッフ」

笑っておりますが(笑)、外の廊下に、廊下は外に決まっておりますが(笑)、こういうことを言うようになると、老化（廊下）現象（笑）。もう、退屈男のお殿様が立っております。この人は、不思議な人なんですね。旗本っていうのに、旗なんか持ったことがないんです（笑）。退屈男っていうから、すごく退屈してんのかと思うと、しょっちゅう事件がありました（笑）。忙しいったらありゃしない（笑）。名前も不思議なんです。早乙女《さおとめ》といいます。早乙女というのは、六月に水田にお米の苗を植える娘さんのことでございまして、こういう知識は、こん平さんの落語には無いんです（笑）。主水之介《もんどのすけ》、主に水を助けると書きます。これは上方の水道局の役人で、水の水質検査を見る人を、主水《もんど》といいます。介《すけ》というのは次官ですから、水道局の次官。上が田植えの娘で、下が水道局の次官で（笑）、ナイキのマークを付けて、一着二百八十万円の衣装を着て、真夜中に他人の家に忍び込んで笑っているんです（笑）。とても正気の沙汰じゃない。

「てっへっへっへっへっへっへっへ……、ぱっ」（笑）

誰だって署名運動している最中に、笑われてごらんなさい。ビックリいたします。立ち上がる月形龍之介、

「何ものだぁ？　慮外《りょがい》者めがぁ！」

ぱぱっと障子を開けますと、ナイキのマークを付けて（笑）、たった一人でクリスマスツリーみたいになっちゃってる賑やかな侍が立っておりますから、ビックリいたしまして、

「パッ！」

唾が飛びます。紋服にかかりますから、退屈男が怒ります。

「折節《おりふし》月の雲隠れ、近頃江戸には不逞《ふてい》の輩《やから》が増えたものと見える。額の三日月傷、何と見る！　パッ！」（爆笑）

両方で唾のひっかけっこしている。二人共、ベトベトになって立っております（笑）。変な場面だなぁっと思ったら、あれ、「鍔（唾）ぜり合い」っていうんです（爆笑・拍手）。

市川右太衛門さん中心に、三日月党ってのがありましてね。今日のトリの小さん師匠が音頭取りで、よく鰻屋さんや天ぷら屋さんで、宴会をやるんですけど、「殿！」、「殿！」って呼ばせてもらっています。難しいですね、言葉遣いがね。あちらのほうもやっぱり大スターでございますから、こっちが面白いことやって、かくし芸演っても、そう、笑えませんからね。「ダハハハハハ」なんて笑っ

ちゃうと、安っぽくなりますからね（笑）。だから、こうやって、扇子で（口元を）隠しながら、
「ウッホ、ウッホ、ウッホッホ」（笑）
ゴホン！　といえば龍角散みたいな（笑）。まぁ、とにかく身分が高くなると、言葉遣いが難しいですね、昔のお殿様が、たいへんだったそうですよ。

恋女房がわからない

一九九二年　四月二十一日　イイノホール
にっかん飛切落語会『崇徳院』のまくら

え〜、だいぶいい陽気でございまして、今、外をデモが通っておりましてね。やっぱり季節的に必ずデモってのはやるんですね。あたくしは、まぁ、お勤めしたことはちょっとございますけど、組合に入ったこともございませんしね。行進したこともないので、どういう気持ちでやってんのか、よく分からないんですけどね。まぁ、花見時にぞろぞろ大勢で歩くのはね、デモであれ何であれ、良い気分ではないかと思っております（笑）。

あたくし、「林家木久蔵」ってぇ芸名なんですけど、よく、あの、田舎のほうへ行きますとね、今、田舎って言っちゃいけないのかなぁ？　差別用語でね。花の「菊」って書かれちゃうんですね。「菊蔵」ってね。で、あたくしは、この名前を誇りに思っておりましてね。二人の師匠の名前がちゃんと入っているんですね。

え〜、最初に入門いたしましたのは桂三木助のところで、その三木助師匠の

「木」をいただきまして、「木」。林家彦六が正蔵という名前でございましたから、「蔵《くら》」というのをいただきましてね。ながく続くようにってぇんで、「木久蔵」ってぇこういう字の新しい芸名として拵《こしら》えてくれたのが、彦六師匠でございました。

で、三木助師匠のところにあたくしが入門いたしましたのが、昭和三十五年の八月の十五日、終戦記念日でございますからよく憶えておりましてね。

え〜、不思議な師匠でしたね。あたくしが、田端の高台のね、たいへん粋な和風の造りの家へお伺いしたんですね。で、木久八さんが師匠の隣に居りまして、団扇で師匠のことを扇《あお》いでおりましてね。で、師匠は、あの、立膝を組んでおりましてね。で、下に褌《ふんどし》締めているのが見えるんですよね（笑）。最初から大事なものを全部見せちゃう人だなぁっと思ってね（笑）。

「明日から、おいで」

って、言ってくれました。いやぁ、こりゃぁ困ったなって思ったんですね。その当時、あたくしは漫画家をやっておりまして、「落語家にならないか？」って、漫画家の先生でございます清水崑さんに勧められたとき、ただ時々行ってね、ネタを盗んで、それを漫画のほうに生かせたらっていうぐらいの気持ちでございましたから、毎日行くつもりがなかったんですね。そうしたら、「替えズボンも持って来るんだよ」って言われて、こりゃぁ、もしかしたら？　の、もしかしたほうでございました。

「ちゃんと修業しなくちゃいけないから、絵のほうはやらないように」って、言われちゃって、ああ、人が人の運命を変えるんだな……。自分の意思ってのはなかなか通用しないんだなぁって、そこで感心いたしまして、割合に素直なものですからね（笑）、じゃぁ、面白いから最初からやってみようってんで、前座見習いってのになりましてね。

で、あたくしはそのときは、桂木久助って、いや、木久男って名前ですね（笑）。木久男、え〜、木久助さんってのは兄弟子でおりまして、木久男って名前をいただきましてね。この「男」って字は、横にいたしますと、「助」になるそうでね。あの、字画が同じなんだそうですよ。だから、良い名前だって言われました。

たいへんでしたね。今の桂三木助（四代目）が、まだ五歳でございましてね。

その下に三つになるケイコちゃんというのがいてね。七つになる茂子（五代目三木助の母親）ちゃんってのがいて、で、あたくしが来たら便利だっていうんで、兄弟子がみんな出かけちゃうんですね。

で、三木助師匠は、あのう、おかみさんのことを、「おかみさん」って呼んでなかったんですね、師匠がね。何かね、甘ったるい声で、「なぁこ」、「なぁこ」って言っていましてね（笑）。何か猫の声でも真似てんかなぁっと思ったら（笑）、おかみさんが小林仲子っていう本名なんですね。で、三木助師匠は舞踏家でもあって、花柳太兵衛《はなやぎたへえ》って流派の名取なんです。で、おかみさんが小さいときに三木助師匠のところに入門してきた愛弟子なんですね。歳が二十七違うんです。もう、可愛くて可愛くてしょうがなくて、で、結婚を申し込んでね。で、向こうの両親に断られて、それでも、一所懸命、何ていうんですかね、博打打ちで、結構名人だったそうですよ。で、お酒も飲むしね、悪いことばっかりしていたのが、改心いたしましてね。まぁ、その辺を認められて、やっと所帯が持てた。恋女房なんですね。ですから、もう、おかみさんが家に居りますと、座っている師匠が、おかみさんが歩いていると目で追ってんです、こうやってね（笑）。あのくらい、可愛いものなんですね、その恋女房ってのはね。あたくしはよく分かりませんけれどもね（笑）。

え〜、あたくしのところのカミさんは、すごいものですよ（爆笑）。

お年寄り専門チャンネル

一九九二年九月二十二日　イイノホール
にっかん飛切落語会『たらちね』のまくら

え〜、若手の熱演でございました。

やっと、秋めいてまいりましてね。涼しくなってまいりましたが、四月から司会を務める午前十一時から放送されるテレビ番組が始まりました。今月で終わるんですけど（笑）、毎日生中継でロケをしてまして、百二十本の番組に出ていたことになる。週一の番組ですと五、六年分なんです。もうヘトヘトでございます。

で、午前十一時っていうと、あの、観ている人が限られておりましてね。ご主人はたいがい会社にいらっしゃっちゃうし、子供さんは学校へ行っちゃうしね。で、お母さんは朝の後片付けが終わりまして、洗濯が済んでね。で、「お昼は、まぁ、簡単なものでいいわ」ってんで、情報交換の最中でございましてね。そうするとボォーッとしていたお爺ちゃんやお婆ちゃんが、ガバっと、この、起きあがりましてね（笑）。チャンネルをひねる訳ですね。

で、「お年寄り専門の番組を作ろう。そういう視聴者を開拓しよう」ってことになりまして、月曜日は温泉めぐりでございます。関東圏の温泉を片っ端からまわっておりまして、いろんな温泉がございます。

目黒のほうに面白いお湯さんがありましてね。入浴料が六百六十円なんです。で、一時間以内に帰ると三百円返してくれて（笑）。丸一日居てもいいんです。六百六十円を払ってあればね。で、あっちこっちに宴会場があって、ビールや何かも持ち込みでオーケーでございましてね。

で、まあ、結構いますよ、お爺ちゃん、お婆ちゃんが。ところが、午前の十一時っていうと、お風呂に入っている人、そんなにいないんですよね。だいたい、午後一時頃から来るもんですから。で、しょうがないから真夏だったんですけど、アメリカの留学生の女の子を仕込みましてね。目のクリクリッと可愛い、背の高い、たいへん胸が盛り上がっておりまして、これはお爺ちゃんの視聴者を相当稼げるんじゃないか？　胸を、こう、白いタオルで包みまして、このお嬢さんを（湯船に）入れましてね。

ところが大浴場に二人だけで入っていると、寂しいんです、画面《え》が。で、どうしても主婦が八人ぐらい、両側に要るなぁって、四人、四人で八人ぐらい要るなぁってことになりまして、アシスタントディレクターが表に出ていきましてね。目黒の商店街がすぐそばでございますから、口説きまして、

「すみません。テレビ局なんですけど、これから、あのう、お風呂屋さんで番組やるんですけど、木久蔵さんと一緒にお風呂に入ってくれませんか？　スターなんですけどね（笑）。で、あのう、五千円で、電卓の記念品も差し上げますけど」

（笑）

「冗談じゃないわよ。アタシィ、買い物に行くのよ、これからぁ～（笑）。そんな、木久蔵なんて嫌ぁーよ、一緒に入るなんて（笑）。何言ってるんのよ。冗談じゃないわよ、放してよ」

なんて言いながら、ぞろぞろ、ぞろぞろぞろね（爆笑）。皆、やって来てくれまして。たちまち裸になりまして。それからお母さん、何をするのかと思ったら、テレホンカード持って、公衆電話に並びまして、

「もしもし、アタシ、お母さん。嫌んなっちゃうわよ。商店街歩いていたらさぁ、テレビ局の人に捕まっちゃってさぁ。で、『お風呂に入ってくれ』って、

断ったのよぉ〜。断ったけどさぁ、強引でさぁ、しょうがないから、アタシ、今ね、お風呂屋さんにいるんだけど、見ないで頂戴よ（笑）。絶対見ちゃ駄目よ」

（爆笑）

って、あっちこっちに電話かけておりましてね（笑）。

で、現場はですね、普通のお風呂屋さんなんですけど、ライティングを煌々《こうこう》と照らしましてね。で、ジーパンのお尻に台本を挟みましたディレクターの人が走ったりなんかしておりまして、ちょっとやっぱり普通と違う光景でございます。お母さんたちもメイクの女の子にね、お化粧してもらいましてね。で、やっぱり、こう、出演《で》るってんでね。あのう、同じことをいっぺん演ってみるんですよ。で、回線やなんかを検査する訳なんですけど。あたしたちは、慣れておりますから、片足ぐらいしか湯船に入れないで、大体この位置だということで、指定を受ける訳なんですけど、まぁ、お母さんたちは初めて、しかも裸でお風呂に入るものですから、胸までこう、包んでございますけど、出たり入ったり、出たり入ったりしてる内に、段々汗ばんでまいりまして（笑）、折角塗ったメイクが落ちてまいりましてね（笑）、眉毛なんかつながっちゃいましてね（笑）。目のまわりまっ黒くなっちゃって（笑）、パンダが外の様子を見ているみたいになっちゃってね（爆笑）。

いよいよ、生中継でございますから、十一時スタートでございまして。

「お願い致します。スタンバイしてください。十秒前です。はい、五秒前です。三秒前、……スタート！」

タイトルが画面に映ります。表の景色が映りまして、音楽が鳴りまして、お風呂屋さんにカメラが入ってまいりまして、最初はツーショットでございます。あたくしと、アメリカ人の女の子。肩から下がお湯に浸かっておりましてね。あのう、首だけ出しております。で、タオルでやっぱり身体は包んでおります。で、何か話しはじめようかなっと、思ったときにですね、ザバァっと音がしたんです（笑）。（何だろう）と思って振り返ったらですね、ずぅーっと熱いのを我慢して、出たり入ったり、出たり入ったりしていたお母さんが、もう、我慢の限界を超えまして、立ち上がっちゃった訳です（笑）。ところがもう、さんざん出たり入ったりしているものですから、タオルがお湯を十分吸い込んでおります。重くなっておりますから、茶筒から身体が抜けたように……（爆笑・拍手）。

あたくしとアメリカの女の子の脇にですね、こんなに大きく、あのう、……×が映っちゃったんです（爆笑）。いきなりそれですから（笑）、中継車の中は、何だか分からない訳です（爆笑・拍手）。

「何だよ、このヒジキみたいなものは（笑）？　しかも湯気が出てて、お前、何か滴っているじゃねぇか（爆笑）？　何だい、木久蔵さんの脇に映っているこの三角のものは？」（爆笑）

……その×がですね、十七秒間映ったんです（笑）。そのときの視聴率が、三パーセントですから（笑）、一パーセントは六十万人が観ておりますから（笑）、百八十万人の人が、十七秒間、×を観ていた訳ですね（爆笑）。

ああいう場合は、生中継って言わないんですね。生中×《け》って言うんです（爆笑）。

金曜日は、お年寄りの見合いの番組でございました。お年寄りのね、独身のお爺ちゃん、お婆ちゃんが居ります。「茶飲み友達が欲しい」とか、「最期を看取ってくれる人が居ないか」とかね。「少しぐらい財産分けてもいいから」とか、そういう方がたくさんいらっしゃるんです。で、そういう方、応募して来た方を調査いたしましてね、だいたい、三対三で始まる訳でね。

「お宅はお庭、ございますか？」

とかね、

「ひと月、どのくらいお小遣い使ってらっしゃるんですか？」

「息子さんご夫婦と一緒に住んでいるんですか？」

とか、身辺調査が始まりましてね（笑）。え〜、すごいですよ。四月から始まってね、もう今月までで四十組の人が結ばれたんです。いちいち結婚している訳じゃないんですけども、まぁ、付き合いは始まっている訳でございましてね。まぁ、終わるとお昼で、高層商業ビルでやってますから、上に行ってね、一緒に食事する訳ですね。で、名刺交換が始まりまして、で、グループで交際が始まります。中には、二人だけで鬼怒川温泉に行ったりなんかして、どうして皆、鬼怒川温泉ばっかり行くんでしょうね（笑）？　もう、不思議でしょうがないんですけども。

面白いですよ、いろんなお爺ちゃん、お婆ちゃんが出てまいります。弘明寺《ぐみょうじ》のね、お宮の入り口で、お土産屋さんやっているお煎餅屋さんのお爺さんが出て来た。もう、九十何歳なんです。しゃんとしておりましてね、何億円も資産を持っていてね、それは死ぬのに持って行けないから、使っちゃいたいと言うんです。まぁ、人気がございましたですね（笑）。そのお爺さんが面白い人で、出て来るとね、自分で拵えたお煎餅を、こうやって、持っているんです（笑）。いつもこうやって持ってるお煎餅とお爺さんが映るんです（笑）。その宣伝熱心は偉いんですけど、ヘンなお煎餅なんですよ。あの、交通標識のね、あの、一方通行の矢印みたいな奴でね。

「お爺ちゃん、これ、何なんですか？　このお煎餅は？」

「これ、『男煎餅』っていうんです」（笑）

「『男煎餅』ですか？　な、何で『男煎餅』？」

「いやあ、これ、男の象徴を焼いたもの」

「あ、そうですか……。じゃぁ、誰かモデルがいるんですか？」

「そりゃぁねぇ、人のを見る訳にはいかないから（笑）、俺のを大きくしてねぇ、粘土で型抜いてねぇ（笑）、そこに粉流して焼いてんのがこれだ」（爆笑）

いろんな人が居るものですね。ですから、あのぅ、結婚なさってもねぇ、先にお嫁さんというか、お婆ちゃんが亡くなっちゃったりね。お爺ちゃんが亡くなっちゃったり、ずいぶん独身で優雅に暮らしている方がいらっしゃいまして、縁だなぁと思います。

今日演る『たらちね』なんて噺は、あたくしが入門したばっかりのとき、桂三木助師匠のところでね、稽古してもらった噺でございまして、ずいぶん昔の話です。忘れちゃっているんですよ（笑）。で、さっき皆いなくなっちゃったから、楽屋で演ってみたんですけど、何だか全然思い出せないのね（爆笑）。で、遅いからここまでで止《や》めようかなぁって思っているんですよ（笑）。まぁ、一応約束ですからね、そうもいきませんからね。（爆笑）

見世物小屋のあれこれ

一九九四年七月二十日　イイノホール
にっかん飛切落語会『一眼国』のまくら

どうも、お暑い中を本当にありがとうございます。

師匠が怪談噺を演らないとき、よく、『一眼国』ってぇ噺を演ってました。あたくし、ぼぉーっと聴いていたんですけど、あとで考えてみると稽古をちゃんとしてもらえば良かったなぁと思ってね。それを思い返しながら、ちょっと今夜は久しぶりに、久しぶりじゃありません（笑）、初めてぶりにあたくしは、これ演らせていただきます（笑）。

出だしが確かこんな感じでした。

え〜、ただ今は、東京都内に盛り場というものがたくさんございますが、江戸随一の盛り場と申しますと、両国の広小路。どこいら辺りかと申しますと、両国橋の際から日本橋のほうにかけて、ただ今「浅草橋三丁目」というバス停があるあの辺りまで、大した面積ではありませんが、群衆雑踏《ぐんじゅざっとう》しております。

橋を渡りまして、本所のほうにまいりますと、向こう両国という地名でございまして、江戸府内じゃないというところから、鼠小僧のお墓がございます。回向院というお寺がございます。あそこを中心に、ずらぁーっと見世物小屋が出ていたんだそうです。見世物小屋といいましても、ごく簡単で丸太を組みましてね。その周りをムシロで囲っただけだそうで。

で、ピンからキリまでありましたそうですね。一番ひどいのになりますと、もう「むしりの小屋」といいましてね、お客さんからとにかく金を取っちまえ、あとはどうなってもいいというたいへん薄情な小屋でございます。こういうところには、面白い見世物がたいへん出ていたんだそうでございます。

「さぁさぁ、不思議な怪物が現れたよ！　目が三つで歯が二本だよ！　目が三つで歯が二本！」

（そらぁ面白いな）と思って慌てて入りますと、下駄が片一方置いてあったりいたしまして（笑）。確かに目が三つに歯が二本なんですけど、これでお金を取っちゃぁいけないようでございます。そうかと思うと、

「八間の大灯籠《おおとうろう》！　八間の大灯籠！」（※一間は約百八十一センチメートル）

灯籠というのはご存じの通り、たいへん綺麗なものでございます。回り灯籠、牡丹灯籠、切子灯籠、その灯籠が八間もあるというので、（これは見事なものだろう。銭を払って見る値打ちがあるだろう）と思って、中に入りますとね。小屋の若い者が出てまいりまして、お客さんの手を取りまして、

「さぁさぁ、こちらへ！　さぁ、こちらへ！　さぁ、こちらへ！　さぁ、こちらへ！」

って、裏口からポーンと突き出しまして、

「表から裏へ、通ろう（灯籠）！　通ろう（灯籠）！」（笑）

って、すごい見世物があったもんでございます。

これより少し上になりますと、今度は何か口上を言いながら見せるというんで、これは木戸番がおりまして、これが口上を言います。綱を引っ張りますと、正面に緞帳《どんちょう》がありまして、これが上がりますと、中がそっくり見えるんで、見えるっていったって、下の半分は板で囲ってありますから、全部見える訳じゃないんですけど。こういうところにはたいがい、『鬼娘《おにむすめ》』という出し物が出ていたそうなんですね。

『鬼娘』、良い名前の付け方ですね。『鬼爺』とかね、『鬼弟』とか（笑）、『鬼オンスープ』なんていうと何だか銭ぃ出して見る気にはなりませんが（笑）、『鬼娘』、何だか不思議な色気があって、妖しい色気があって、見てみよかなぁと思いますが、

「さぁさぁ、今評判の『鬼娘』の小屋はこちらだよ。親は代々狩人で、この娘《こ》は生まれ落ちてより、母の乳房を離れると、食べる餌が常の子供とは違っていたよ。麦を食べる、稗を食べる、粟を食べるというのではないのだよ。田んぼにやってくるトンボを食べる。バッタを食べる。コオロギを食べる。それからカエルを食べる、ヘビを食べる。鶏を食ろうて大きくなったのだよ。

あるとき、隣の赤ん坊をガリガリとやってしまい、これを見て仰天した母親はあの世に逝ってしまう。これを見て夫も前非を後悔して、数多度《あまたたび》生き物の命を獲った報いだと、このような子供が生まれたことを悔いて頭を丸めて廻国《かいこく》にでたが、その子供をこの小屋で預かっているのだが。そぉおらぁ、御覧なさい。後ろを向いて座っているでしょ？　あれが鬼娘だ。……因果なことに味をおぼえてしまって、一日一度、赤ん坊をガリガリっとやらないと、この娘は気が済まないと

いう気の毒な身の上。見るは法楽《ほうらく》、見られるは因果《いんが》。さぁ、功徳《くどく》になるから見てやってください。一日に一度だけだよ。鬼娘がこれから、赤ん坊をガリガリとやるところを御覧に入れるよ」

って言うと、もう場内は満員になってしまいましてね。で、鬼娘ってぇいうくらいですから、もう口が耳まで裂けておりまして、頭にもしゃもしゃとした髪の毛を載せておりまして、角が一本。角ったって、これ本物じゃありませんでしてね。え～、畑から人参の太いやつを抜いてまいりまして（笑）。洗わないで泥が付いたまま三寸くらい切ったのを載せてあります。どう見ても本物の角に見えるんですね。素晴らしい想像力でございまして、誰が考えたんでしょうか？　林家想像（正蔵）というくらいでして（笑）。

で、今、口上で生餌《いきえ》しか食べないということを言っておりますから、鬼娘の周りにはイナゴがいたり、バッタがピョンピョン飛んでいたり、こっちのほうにカエルが引き裂いてあったり、ヘビが置いてあったりいたしまして、端然と娘がそこに座っております。

で、お客様が満員になったのを見透かしますと、その小屋の若い衆《し》が表へ出ていきまして、両国の乞食から赤ん坊を一人借りてくるんですが、赤ん坊を抱えて営業している乞食というのは、これは同情を買いますからね。たいへん実入りがいいんですね。乞食組合組合長（笑）。乞食の平和を守る会会長なんてやっておりまして、これから借りてまいります。

で、丸々と太って福々とした子供ですと、これは同情を買いませんから、もう痩せちゃってね。もう、本当にひどいものでして、歌丸師匠の生ミイラみたいな赤ん坊を借りてきて（笑）、鬼娘の前にサッと置くわけですね。

そうすると鬼娘がこれに片手をかけまして、

「今、こんなに食べたのだが……」

「こんなに」っていうのは、周りに散らばっている生餌のことをいう訳でございます。

「無理して食おうか、あとで食おうか」

って、ひとり言を言うんです。大きい声のひとり言でございまして（笑）、小屋中に聞こえるんですね。そうすると、この鬼娘が赤ん坊をガリガリっとやるのを見に入ったんですけど、人間の心というのは善悪両面ございまして、え〜、それを見に入ったんですけど、見た途端に善意に戻っちゃいましてね。

「おい、しっかりやれぇ。どんな味がするんだか、あとで聞かせてくれよ。ガリガリってやってくれ！　えっ！　そのために銭払ったんだぞ！」

なんて言う人は、一人も居りませんでしてね（笑）。善意が戻っちゃっていますから。残虐心とか探求心がすっかり無くなっちゃっております。

「おいおい、食わなくったっていいんだよ。腹がいっぱいだったら。無理すんなよ！　あとでいいんだよ。可哀そうじゃねぇか！　泣いてるじゃねぇか！　止《よ》せ！　止《や》めろ！　ワァッー」

ってんで、これがきっかけになりまして、

「そんなに言うなら、あとで食おうかぁ」（笑）

さぁーっと、この子供を下げてしまいまして、

「まぁず、先様《さきさま》は、これぎり」

って、一回で終わりになっちゃうんですけど（笑）、実に巧い演り方があったものでございましてね。しかしこういうことばっかり演っておりますと、見物人が段々減ってまいりまして……。

SONY

師匠の苦労を知る

一九九四年十月二十日　イイノホール
にっかん飛切落語会『目黒のさんま』のまくら

え〜、たいへん元気な花緑さんでございました。お爺ちゃんとはやっぱり、全然芸風が違いますですねぇ（笑）。颯爽としておりましてね。あのう、ピアノも弾けるし、それからタップ踏むしね、何ていうんですか、踊りながらバック転も出来るんですよね。それを一席の中で演るのかと思ったんですけど、演らないで降りちゃったんですけど（笑）、いろんなことが出来る人です。

ええ、まぁ、小さん師匠の御一家は不思議ですよね。花緑さんのお兄ちゃんがスイスのバレエ団のプリンシパルなんですね。……プリンシパルでいいんでしょ？　男は（笑）、ね？「どんな？」って言われても、困るんですけど（爆笑）。で、一年に一回スイスから帰ってきてね、で、あのう、小さん師匠が一月の二日生まれなんですね。で、皆、落語協会会員がお祝いに来てるんです。そこに、あのバレエの恰好して立ってます（笑）。そうすると、皆、やっぱり、あのう、御曹司ですからお年玉を渡すんですね。で、集金すると三日に帰っちゃうんですけど（笑）。本当に頭の良いお子さんでございましてね。まぁ、不思議ですね。あの師匠は丸い顔してらっしゃるのに、お子さんは普通のほうでございまして、え～、お兄ちゃんのほうはイイ男なんですね。隔世遺伝とか（笑）、不隔世遺伝とか、いろいろあるんじゃないかと思うんですけど。

え～、あたくしは、林家彦六のところに弟子入りいたしましたのが、昭和三十六年の二月の末でございましてね。その前が桂三木助という師匠のところに居りまして、桂木久男という名前で。え～、木久男というのは良い名前なんだそうです。三木助の「助」と、字画が「男」って字は同じなんだと言っていました。ところが半年で、師匠が亡くなってしまいました。

で、当時は八代目林家正蔵という名前の彦六師匠のところに、まぁ、引き取られまして、おかみさんが「木久蔵」って名前を付けてくれたんですね。「折角、三木さんのお弟子さんだったんだから、『木』という字は残したほうが良いよ、おまえさん」

「(彦六の口調) あぁぁ、そうかい……(笑)。じゃぁ、下に『蔵』付けてぇ、木久蔵ってぇのは、どうだぁ?」(笑)

いやぁ、こんなような顔をしたんですよ(笑)。で、あたしもかしこまって座っておりまして、おんなじようになっちゃって、ぁぁぁ……(爆笑)。

長屋でございまして、六畳と四畳半しかないんです。長火鉢がありましてね。ガラって開けると、すぐ師匠が居るんです(笑)。簡単な家でしたね。戸を開けた途端、主人が居る家なんてないですよ。ガラッと開けると居るんです。で、普通のお爺さんが座ってんなら、そんなに可笑しくないんですけど、辛いものが好きですから血圧が高い、全体が小刻みに揺れておりましてね(笑)。顔が少しずつ変化していきましてね、声が震えてね、で、新しい弟子が入ったから貫禄つけようっていうんで、こんなになっちゃって……(爆笑・拍手)。可笑しくってしょうがないんです。笑う訳にいきません、自分の落語の先生なんですから。なるべく視線を逸らしまして……(爆笑・拍手)。

狭い家ですからね、お弟子さんの仕事は、すぐ終わっちゃうんです。朝八時に行きまして、お掃除が済んでから、一緒にご飯食べるんです、師匠とおかみさんと、あたしですね。で、不思議なものを食べてましたよ。あたくしが、ある時に行ったら、先にね、ご飯食べててね。何を食べているのか、よく分からないんですけど、何か正方形のお豆腐みたいなものを食べているんです。（あれは、何なんだろう?）それを真っ二つにいたしまして、自分が食べてからおかみさんに、「はぁぁぁいぃぃぃ」って渡して（笑）。あとで分かったんですけど、折に詰まっている弁当を、逆さまにあけまして（笑）、そのまんま食べていたんですね（笑）。いや、ヘリがないから食べいいでしょう、直に、こう（笑）。で、白米の下がおかずなんですよ（笑）。だから、お豆腐食べているみたいでしたけど。不思議なウチでしたね。

で、ご飯が終わって、洗濯物をおかみさんが物干に行くのを手伝って、もう、やることないんですよ。二人で向かい合って座っているんです（笑）。で、弟子と師匠が居ますから、あの、おかみさんも気ぃまわしちゃって、（稽古が始まるか）と思ってね。え〜、表に出て行っちゃうんですね。と、二人だけなんです。向こうはしきりに揺れております（笑）。

やっぱり、若いものを遊ばせておいちゃいけないと思うんですね。噺の稽古をつけてくれるんですけど、やっぱり一分線香即席噺《いちぶせんこうそくせきばなし》っていいますか、初心のときは短い噺なんですね。

「向かいの空き地に囲いが出来た」

「へえ（塀）」

「向こうから坊さんが来るよ」

「そう（僧）かい」

「台所をどこに作ろうか？」

「勝手にしろ」

「芋屋の娘が年をとった」

「蒸けた（老けた）。蒸けた（老けた）」

こんな短いのをね、師匠は一つ教えるのに一時間かかるんです（笑）。聴いた途端、おぼえられるんですけど。

まぁ、そういう日々が続いておりまして、いつの間にか師匠もいなくなって、自分も弟子を三人くらい待つようになりましたら、やっぱり師匠ってのはたいへんですね。お弟子さんが来るとずぅーっと観察されておりますから、もう本当に、下着姿にもなれないし、オナラも出来ないし、（ああ、こりゃぁ、たいへんだったんだなぁ）ってつくづく思います。

最近は言葉が難しくなってまいりまして、差別言葉なんていってね。使っちゃいけない言葉がたくさんございまして、放送禁止用語ってのもあったりなんかして。録音の前に渡されるんですよね。困っちゃいますよ、使っちゃいけない、「河向こうの人」って言っちゃいけないとかね。「貧乏人」ってのもいけないんですね。「バカ」って言っちゃいけない。「土人」って言っちゃいけない。

「『土人』って言っちゃいけないんですか？」

「ええ、もっと丁寧に言っていただかないと困るんです」

「あのう、何て言えばいいんですか？」

「『焦げてる人』とか」（笑）

「『土方』も、いけないんですか？」

「『土方』ダメです。もっと、丁寧に」

「はぁ、何て？」

「『土方《ひじかた》』さん」（爆笑）

何だか、なおさらバカにしているようですけど（笑）。

まぁ、昔のお殿様というのも、大層言葉遣いが大事だったそうですね。戦国時代はいざ知らず、あの、平和になりますとやっぱり、乱暴な言葉を遣っていると御家来衆に尊敬されませんからね……。

人生のわかれ道

一九九五年一月二十三日　イイノホール
にっかん飛切落語会『崇徳院』のまくら

どうもお寒い中を本当にありがとうございます。

なんか、二つ目の落語家さんの授賞式がどんどん早く済んじゃったんですね。ゆっくりやって来たら、「すぐ（高座に）上がってくれ」って言われまして（笑）、え〜、三十分違うんじゃないかと思ったんですけど、困ったもんでございましてね。突然ってぇのは、困るんですよね。今ぁ、ずっと地下鉄を歩いて来て、階段上がって、「はい」って座ったら、「上がってくれ」って言われちゃって（笑）、高座の演技は何の計算もたたないんですからね。で、表彰された人より落語の評判が悪かったらどうしようかと思っているんですけど……（笑）。まぁ、適当にお客様を誤魔化しながら（笑）、進行していきたいと思います。

今年は、あの、昭和で数えると七十年なんですね、昭和七十年。あたくしが、今日演ります『崇徳院』、え〜、この噺を得意にしておりました一番初めの師匠でございます桂三木助のところに入門したのが、昭和三十五年の八月の十五日。え〜、終戦記念日ですからよく覚えております。あたくしは、だから、三十五年落語家をやっている訳でございまして、今ぁ、ちょっと計算してビックリしちゃったんですけど、三十五年も演っております。そういえば、『笑点』が三十周年だって、今年でね、騒いでいましたからね。ずいぶんたっているんですねぇ。で、細かく言いますと、七つか八つ、職業をかえたんですけど、今の職業が一番長いんです。途中でまぁ、ラーメンなんかもやっておりますんで（笑）、正確には落語家と言えないんじゃないかなぁと、まあ、思っております。

あたくしは、亡くなりました彦六師匠に訊いたことがあるんです。

「こんなにいろんなことやっちゃって、大丈夫なんでしょうかねぇ？」

って言ったら、「結局年配になって、落語に戻ってくればいいよ」って言ってくれたんでね。たいへん元気にいろんなこともやったんですけど、やっぱり疲れてきますね。未だにラーメンブームで、温泉ブームですけどね。ラーメン屋なんてやるもんじゃないですよ（笑）。何にも儲からないのね、あれ（笑）。たいへんなばっかりで、だいたい一杯が五百円ぐらいですからね。それで光熱費だとか、雑費……、ああ、今日はそういうんで来たんじゃないのね（爆笑）。講演じゃないんですから、本当にしっかりしていただきたいと思っております（笑）。

え〜、ですから三木助のところに入りましたのが、八月の十五日でございました。訪ねていきましたら、今の（入船亭）扇橋さんが（桂）木久八って名前でね、あそこの家に居りました。田端の高台なんですね。ちょっと茶室みたいな瀟《しょう》洒《しゃ》な平屋の造りでございまして、そこへ行きましたら、奥へ通されてね。

え〜、三木助師匠が、立膝して座ってましたね。恰好良いんですよね。花柳流の師匠でございますからね。お客さんが来るのに、立膝もすごいなぁと思ったんですけど、まあ、あたくしは若輩者でございました。で、清水崑さんという漫画の先生が、何か手紙を書いてくれたんです、推薦状か何かかね。え〜、これを出しまして、「よろしくお願いします」。そうしたら、パッと封筒を開きまして、三木助師匠が読みまして、

「はぁ、そうですか。へぇ、そんなに落語が好きなんですか？」

あたくし、ほとんど落語に興味がなかったんです（笑）。知っていたのが、（柳

家）金語楼と、三遊亭歌笑と、三遊亭金馬だけだったんですね。で、三木助師匠ってのは、よく知らないんです（笑）。でも、（鼻が高くて、ちょっとダニー・ケイに似てるなぁ）って思って、顔を見てたんです。

　手紙に書いてあったらしいんですね、「落語が好きで、好きで、漫画家から転向したい」って。本当は、そうじゃないんです（笑）。漫画のネタをさがすのにねぇ、寄席にお金払って行くのは勿体無いから、出入りするのに誰か親玉と知り合ってれば顔パスで行かれるようになるだろうからって、簡単な気持ちで行ったんです。

「あたしの噺を何か聴いたことがありますか？」

弱っちゃって……（笑）。（確か、このお爺さんは『とんち教室』かなんかに出演《で》ていたなぁ）と思って、『とんち教室』って言っちゃマズいし、（頭に）浮かんだのが『饅頭怖い』って落語で、この人も演るんじゃないかなぁと思ったから（笑）、

「あの、『饅頭怖い』ってぇのを、聴きました」

「ああ、そうですか。あれは、軽い噺で、そうですか。……じゃぁ、明日から、着替えを持っていらっしゃい」

「えっ！」っと思ったんですけど、着替えって言われまして、もう本格的な入門なんですね。（しょうがないや、違う人生を覗いてみるのも若いから良いや）と思って、行ったり来たりしているうちに、師匠が亡くなりましてね。あくる年の一月でございました。

で、落語家をそこで辞めちゃおうかなぁと思ったんですよ。やっぱり、漫画に戻ろう……、戻っていればですよ、今あたくしと同級生というか、同年代が赤塚不二夫さん、え〜、石ノ森章太郎さん、さいとう・たかをさん、園山俊二さん、綺羅星《きらほし》の如《ごと》くいらっしゃって、まあ、あたしがその線まで行っているかどうかは、分かりませんけれども、おんなじ年代なんですね。ですから、出版社のパーティーの司会をよく演らされるんですけど、安いですね、ギャラがね（笑）。あ、関係ないですね、これはね（笑）。

え〜、ですから三木助師匠のところに行くことになっちゃって、道がこういう風に分かれてまいりました。二つ落語をおぼえたんですよね、え〜、扇橋さんに教わって、『寿限無』と『たらちね』。で、ウチの親戚の法事で演ったら、二つの噺が交ざっちゃってバカ受けいたしまして、人を笑わせる楽しさっていうかね、そういうのおぼえちゃったものですから、もういっぺん演ってみようかなって思ってね。

で、昭和三十六年の二月に入門したのが、林家正蔵師匠、後《のち》の彦六師匠で、あんなに未だ震えてなかったんですけど（笑）、ちょっと震えが来ていましたね（笑）。あれが、段々揺れていくとは思わなかった。地震みたいな人ですね。そういう訳でね、あたくしは、まぁ、三木助師匠、正蔵師匠の尾根伝いを渡ってきたわけでございまして、だから、全然古典を知らない訳じゃないんですけどね、顔見ると「『片岡千恵蔵伝』演ってくれ」だとか言われます（笑）……。

あっ、横山やすしさんが元気なんです。今日、スポーツ紙を見たら、何かあの、神戸のほうの避難している方たちを慰労しに、やすしさんが出かけて行ったっていうんですけどね。あの人が行ったらね、慰労にならないですよ（笑）。そこの人たち、もっとクタクタになっちゃう（笑）。

「（横山やすしの口調）しっかりせぇ、コラァ（笑）！　泣くンやないわぁ、コラァ！　男やないかぃ！」

って、こう来ますからね。え～、横山やすしさん、今日は関係ありません(笑)。

本題に戻しますけども、昔、恋煩《わずら》いってのがあったんですね。エノケンの映画ってのがありましてね。あたし、小さい時によく観たんですけど、

「♪恋は思案の帆掛け船　どこの港へ着くのやら」

って、唄いながら女の人にすり寄って行って、女の人が身体退けると、ボチャーンって川の中に落っこっちゃったりなんかして、だいたいくすぐりがおんなじでしたけどね。まぁ、あんなようなスジというか情景の噺ではないかと思っておりますが、今夜は『崇徳院』でございまして……。

不謹慎な観光地

一九九五年七月二十日　イイノホール
にっかん飛切落語会『蛇含草』のまくら

お暑い中、ありがとうございます。昨日、八ヶ岳ってところに行ってまして、まだ、あのう、学生さんとか観光客がそんなに押し寄せてないんで、静かですね。もう、寒いくらい涼しくて、山ですから、気候が変わり易くてね。で、いろんなところに行ったんですけど、甲斐大泉とか、それから、下の方へ降りて行って、佐久町なんてありまして、コイの町なんですね。コイたってラブのほうじゃなくて、池の鯉で……。

あのう、柳生博さんの店って行ったんですよね。え〜、大泉にあるんです。小さな、何か、役者が片手間にやってる簡単なスナックかレストランだろうと行ったら（笑）、八ヶ岳倶楽部っていって、四千坪ありましてね。すごいですよ。樹を三千本以上植えたんですって。柳生博さんがいらっしゃいましたけど、今東京でお仕事してないんすかねぇ？　まぁ、皆さんに相談してもしょうがないんですけど（笑）。

で、今、建て増ししていましてね。ええ、ずいぶんいろんな美術を集めて、それを展示して売っているんですね。いろんな木彫りのアーチ、椅子ですとかね、金属で出来た魚とか……。あのう、面白いですね。山国なのに地名が、海ノ口《うみのくち》とかね、小海線とかね、ちょっと池があると海っていうんですね。やっぱり、海に憧れていたんじゃないかと思うんですけど。

で、帰って来まして、親戚の子供が夜ご飯を食べに来まして、電機メーカーに勤めているんですけどね。社員旅行があるんですって、夏のね。どういうところをまわるのって訊いたら、勝沼行って桃穫って、それから上九一色村行って（笑）、記念撮影があるって言うんですね（笑）。で、冗談だと思ったら、パンフレット見せてくれましてね。嫌なコースですよね。そういうこと、本当にやっているんですね。

で、お土産がねえ、「ハルマゲ丼」と「ポア酒」だって（笑）。「ポア酒」ってのがあるんですってね。もう、落語より本当のことのほうが面白くなっちゃって、だから、いくらここでね、いろんな噺をしても、まぁ、追《おっ》つかないんじゃないかと思うんですけど……。え〜、頑張りたいと思いますけど。

若い人はイイですねぇ、大きい声で頑張ってね。一所懸命演って。こっちは、もう、疲れて来ちゃってね（笑）。それじゃなくても、毎週圓楽さんと会って（爆笑）、……長げぇ顔なのね（笑）。すごいですよ、そばで見ると。この辺で眼が合いますから、上から下まで見るのに十五分かかっちゃう（笑）。馬がとろろ食べているみたいな顔で、こんなになっちゃって（笑）。それ以上言いませんけど……。

七つの顔の男

一九九五年十二月二十日　イイノホール
にっかん飛切落語会『昭和芸能史』のまくら

どうも、ご多忙の中を本当にありがとうございます。

え〜、笑うというのはたいへん身体によろしいんでございましてね。今年の三月の十八日、日本医科大という大学病院が、飯田橋にございます。そこへ行きまして、強度のリュウマチの患者さん、二十七人の前で落語を演ってまいりました。そしたら、二十七人中二十五人の方が、落語を聴いて笑っている間、痛みを感じなかったって言うんですね。で、リュウマチの痛みを止める薬は無いそうですけど、笑っていると何か身体の中から分泌いたしまして、それを抑えることができるってのが、分かりまして、その実験をした教授に、たいへん、あたくしは誉められちゃいましてね。え〜、読売新聞、四月の一日の夕刊に載ったんです。こんなに大きく一面に載ったんですよ。あたくしは代議士じゃありませんから、一面に載ることはあんまりないんですけど、ちゃんと一面に載りまして、カラーでね、あたしが喋っていて、お母さん方が笑っている写真が写っておりまして。で、紙面の上のほうに少しなんか白黒でですね、海苔の佃煮みたいなものがございまして、これが麻原彰晃でございまして（笑）、あたくしは、あれに勝った訳でございます（笑）。

　本当に笑うと身体にいいんだそうです。アメリカの病院なんかでは、神経系統の病気のときは、コメディのビデオを渡されて、笑ってからお薬飲みなさいという治療をしているんだそうですね。

　比べて日本では、小さん師匠が人間国宝になるのは遅かったですね。志ん生師匠とか、文楽師匠とか、落語の神様みたいな方がいらっしゃったんですからね。その方たちには何もなくて、やっと小さん師匠が間に合ったんです。他の狂言の方とかね、歌舞伎の方とか、文楽の方はうじゃうじゃ人間国宝をもってるんですよね（笑）。落語は一人ももらってなかった。何か、人を笑わせる職業は、ちょっと一段下だと見られていたんです。それが、段々、上がってまいりまして、ちょうど並んだ訳でございましてね。あたくしは別に欲しいとは思いませんけど（笑）、そう思う次第でございます。

この間、小さん師匠がですね、新宿の末廣亭でトリとったんですよ。そのときだって、人間国宝の話題で大騒ぎだったんです。入場料が二千円ですけど、入場料じゃ失礼じゃないか？　人間国宝ですから（笑）、拝観料でどうだ（爆笑・拍手）。まぁ、そんなことがございまして、大いに笑っていただきたいと思います。

昭和二十二年というと、あたくしは小学校の三年生でございます。あたくしの家は焼けちゃいましてね。爆撃されちゃって、アメリカのB‐29という飛行機の編隊がやってまいりまして、何回か目の東京大空襲というんで、え〜、日本橋に住んでいたんです。雑貨商でございましてね。雑貨っていっても、今の若い方はお分かりにならないと思いますが、コンビニで売ってる品物みたいなものを卸す職業で、竹箒《たけぼうき》ですとかね、クレンザーですとか、軽石ですとか、まぁ、そういうようなものを、小売店に卸す職業でございました。

で、昔は情報がとにかく遅かったですね。テレビがありませんでしたからね。ラジオだけでございますよ。馬蹄形のラジオで、「国民一号」とか「二号」とかいう奴でね。毎晩のように空襲警報、警戒警報、パチッとつけますと、

「(ラジオの声) 東部軍管区情報、東部軍管区情報、敵らしき数十機、本土に近接しつつあり。関東地方は警戒警報を要します。繰り返します……」

という、嫌な放送がしょっちゅうあったんです。ウチのラジオは、もっと昔からあるラジオで、大きい真四角のラジオでございました。お祖母《ばあ》ちゃんの代からあったもので、手に入れた当時は一番新しかったんですけど、骨董品でございました。皆、電気の知識がありませんから、まわりは乾拭きでピッカピッカにしてあるんですけど、中はいじってないんです。埃が山積しておりますから、この情報がキチンと伝わって来ない。パチッ……。

「(ラジオの声) 東部……情報、と……じよ……う (笑)。敵……十機、……あり (笑)。……う地方は、……要します」(爆笑・拍手)

空襲警報だか、警戒警報だか、分からない (笑)。

とりあえず敵機が来たっていうんで、防空頭巾を被りましてね、水筒とリュックサックを背負って、向かいに、久松小学校という学校があります。そこの地下が防空壕でございまして、そこに向かって一家で走って行く訳ですね。家から三軒先にね、久松消防署って、消防署があるんです。そこの望楼から、空襲警報のサイレンが鳴ります。真夜中に聞こえてくるサイレン。子供の後ろから、追っかけて来るようでございまして、小学校の一年生でございます。怖かったですね。ドラマじゃないんです。本物なんですよ。

「(物真似)ウゥウゥウゥウゥウゥウゥウゥウゥ〜!」(拍手)

すみません。あの、サイレンで拍手しないでいただきたい(爆笑・拍手)。落語を演ってんですからね(爆笑)。確か出て来た時より、今のサイレンのほうが、拍手が多かったと思うんですけど(笑)。不思議なお客様ですね(笑)、日刊スポーツのお客様っていうのはね(笑)。

え〜、もうB-29の編隊が上空にたどり着いて来ておりまして、ドンドン、ドンドン、爆弾を落とされちゃって、もう大火災の発生でございます。で、まぁ、終戦になります。あたくし共一家は親戚を頼りまして、荻窪に行ったんですよ。あっちの杉並区のほうなら、自然がいっぱいあっていいだろう。ところが、中島飛行機製作所って、戦闘機作っている工場がありましたから、あそこも攻撃目標になりました。荻窪のところ、全部、焼け跡でございましてね。駅の周りだけ闇市がございまして、そこへ行くとね、ゆで卵でも、大福でも、握り飯でも売っていたんですけど、子供でございますからお金を持ってません。そのマーケットの良い匂いのする周りで、遊んでいた（笑）。

夕方でございましてね、断片的に覚えているんですけど、富士山が見えたんですよ。荻窪あたりから。お正月じゃないと見えないんです。普通は高い建物や何かあってね。それが、富士山が見えて、秩父の連山もちゃんと見えまして、大きい夕日が沈んでまいります。正楽さんの紙切りより（笑）、もっと見事なシルエットでございまして。で、あたしたちは、近所の悪ガキ、五、六人とベーゴマやってんですね。ええ、ベーゴマ。ペチャベーなんてのを、こう削りまして四角くして、パチンと弾くようにしてやってたの。

で、当時、昭和二十二年に流行った歌ってのは、暗い歌が多かったんですね。一番よくラジオから流れて来たのが、『星の流れに』。これは、子供が唄う歌じゃないんですけど、しょっちゅうＮＨＫで聴いておりますから、皆、憶えちゃってね。ベーゴマやりながら、

「（オカマの口調）♪　こんなぁ～女ぁ～にぃ　誰ぇがしたぁ～　……いらっ

しゃいませぇ♡」（爆笑・拍手）

子供の唄う歌じゃないんですよ（笑）。

で、その前の年は終戦直後なんですけど、明るい歌が流行ったんですよ。『リンゴの唄』に『みかんの唄』。

並木路子さんの『そよかぜ』って映画の挿入歌でございまして、サトウハチローさんの作詞で『リンゴの唄』、

「♪　赤いリンゴに唇寄せて〜」

って、とっても軽快なメロディーでね。それから、もう一つは『みかんの花咲く丘』。川田正子さんね。

「♪　みぃーかぁーんーのぉーはぁーなぁーがぁ」（笑）

って、（客席に）おかしいですか（爆笑）？　いや、これ戦後でね、空襲で逃げ惑っていた子供が安心して唄っているから、こういう唄い方になるんです。えぇ、その前までは戦争の歌ばっかりだった。で、終わって平和になりましたから、まぁ、暮らしは苦しいですけどもね、もう、人が死んだり、焼け出されたりすることはないっていうんで、安心して唄って、

「♪　みぃーかぁーんー」(笑)

で、昭和二十二年、いろんな節目になりまして、マッカーサー元帥が一番とにかく偉いんで、占領軍でね。司令官でございまして、第一生命のビルを乗っ取っちゃってね。あそこで、ふんぞり返っちゃって、コーンパイプをくゆらせてね。で、天皇陛下が神様だったっていうんで、人間天皇っていうのを宣言なさいまして、買い出し部隊ってのがあって、パンパンガールって言葉がありましてね。あと、教科書がひどかったですね、ガリ版刷の教科書でね。戦中の教科書も使っていたんですけど、全部、教育に悪いところは墨で消しちゃって、だから、一冊あってもほとんど読むところがないんですよね(笑)。墨だらけの教科書でございました。PTAが発足したのも、昭和二十二年。戦後の学校給食が始まったのも、昭和二十二年でございます。

さぁ、戦争が終わりましたからね、世の中が明るくなりました。東宝映画で、エノケン・ロッパの『新馬鹿時代』、今のタモリと鈫ちゃんよりもっと大スターなんですけど、この二人が初めて共演いたしまして、山本嘉次郎監督のね、東宝映画。エノケン・ロッパの『新馬鹿時代』、

「♪　電車が混むのは当たりまえ　押されて揉まれて　目がまわる　やっとーこ気がつき、降りたらば、あら違ったネクタイ締めていた。ちょいと、いけます。いただーけますな」（笑）。

って（拍手）、こういう歌だった。唄う落語家なんて珍しいんですよ（笑）。あたくしぐらいしか、いないんですから（笑）。歌も、『いやん　ばか～ん』てのを出して、あれは一応十万枚のヒットいたしましてね。もう、昔のことで歌詞を忘れちゃいましたけど（笑）。

で、落語家のほうでもスターが誕生しました。五代目の小さん師匠と同期だった柳亭痴楽さんと三遊亭歌笑さん、柳家小さん師匠が、小きんって言っていたのかな、同期でございまして、戦後でございます。古典落語を演って、「八つぁん、こっちへお上がりよ」でもないだろうっていうんで、三遊亭歌笑って方が、『歌笑純情詩集』って新作をね、高座で演りまして爆発的な人気で、聴き良い落語だったんです。あたくしは顔見た訳じゃないんですけど、写真で残っておりまして、「破壊された顔の所有者」って自分で言ってまして（笑）、え～、渥美清さんを潰したような顔なんです（爆笑）。

それで、歌笑純情詩集は、とんかつをテーマにした傑作がありますけどね。とんかつったって今のとんかつとは違うんですよ。これ以上、薄く切れないという肉に、これ以上厚く付けられないというパン粉を付けまして（笑）、クジラの油で揚げちゃって、まぁ、焦げ茶色でございまして、それを短冊形に切って、ダボダボソースをかけますと、どれが衣だか肉だかよく分からない（笑）。衣（子供）の頃から、これでずいぶん苦労をしていたんです。今のは洒落です（爆笑・拍手）！

三遊亭歌笑、『豚の夫婦』、

「（歌笑の口調）ブタの夫婦がのんびりと　畑で昼寝をしてたとさ
夫のブタが目をさまし　女房のブタにいったとさ
いま見た夢はこわい夢　オレとおまえが殺されて
こんがりカツにあげられて　みんなに食われた夢を見た
女房のブタが驚いて　あたりのようすを見るなれば
いままでねていたその場所は　キャベツ畑であったとさ（笑）。歌笑純情詩集より」（拍手）

これは堪らないですよね。で、映画のほうでは三船敏郎さんが、『銀嶺の果て』という谷口千吉監督、この方は八千草薫さんの旦那さんで、子供さんがいなくって、八ヶ岳の麓《ふもと》に住んでいますけど、そんなことはどうでもいいんですけど（笑）、あそこの野辺山のスーパーで会ったから言っているんですけど（笑）。あのう、クジラのベーコンを買っていました（笑）。その方が作った映画なんです。三船敏郎さんが、その映画でデビューいたしました。昭和二十二年に一番当たった映画知ってます？　大映作品、片岡千恵蔵主演、『七つの顔』、多羅尾伴内シリーズの登場でございます。小学校の三年生、映画館のチラシを見て、あたしはビックリしちゃった。

「遂に出た！　片岡千恵蔵の七つの顔！」

子供ですからね、こう、肩があるでしょ？　この上に七つ顔が付いた人が（笑）、「うわぁー！」なんて出て来んのかと思った（笑）。ドキドキして、親父に連れて行ってもらって、観に行ったんです。そうしたら、一人の男の人の肩に、七つ顔がある訳じゃない。七回変装して、ギャング団の情報をいろいろ握った私立探偵が、二丁拳銃なんですね。最後にギャング団を殲滅、一網打尽にいたしまして、警察に引き渡して去って行くという……。だいたいおんなじ筋でね。十一本あるんです。最初は大映映画だったんですね。松田定次監督で、数字がタイトルなんです。

『七つの顔』

『十三の眼』

『二十一の指紋』

『三十三の足跡』

『六十一の魚の目』

これは無かった（爆笑・拍手）。

で、一番ギャングの親玉を務めているのが、あの、愛すべき敵役の進藤英太郎って人でね。たいがい出てまいりまして、筋はだいたい同じなんですけど、まぁ、ギャング団がね、人身売買とか、偽札作りとか、麻薬の売買やっているとかって、まぁ、そういうような筋でございました。

片岡千恵蔵って方は、剣劇スターなんですよね。チャンバラの人なんです。それが何で二丁拳銃の探偵になっちゃったかというと、マッカーサーの指令で、日本の芝居もそうですけど、時代劇は報復をテーマにしたものが多いんですよね。

『忠臣蔵』なんていうのは、四十七人が仇討するんです。荒木又右衛門、三十六人斬りとかね。森の石松の仇を、清水の次郎長の二十八人衆が殴り込んで仇取るとか、これはゲリラ戦になっちゃいけないという心配がありまして、情報局がピリピリしておりまして、チャンバラやっちゃいけないってことになって、困っちゃったんですね、時代劇の俳優さんは。阪妻《ばんつま》だって、嵐寛《あらかん》だって、月形龍之介だって、高田浩吉だって、困っちゃったんですけど、千恵蔵さんはすごく頭のいい人で、アメリカからドンドンと二丁拳銃の西部劇とかね、ジェームズ・キャグニーのギャグ映画なんか入ってまいりますから、その拳銃モノでいけるかどうかってんで、企画を練りまして、恐る恐るＧＨＱに提出いたしましたら、合格で、二丁拳銃の探偵……。

だけど、すごく不思議でございましてね（笑）。あのう……、普通、探偵が変装するのは、なるべく分からないように、……ね（笑）？　新聞屋さんになるとか、牛乳配達になるとかね、駅員になるとかして、え〜、目立っちゃいけないいんです。分からないようにして、いろいろ情報を収集しなくちゃいけない。ところが、片岡千恵蔵さんの、そのう、七つの顔の変装ってぇのは、もう目立っちゃって、目立っちゃってね（笑）。

あるときは「片目の運転手」っていって、これは放送だと言っちゃいけない言葉でね。放送の場合は、「伊達政宗みたいな運転手」って言うんです（笑）。全然、ウケないんです（爆笑）。で、タクシーの運転手が、片目、具合が悪いんです。そんなの危なくて乗れますか（笑）？

あるときは、「謎のせむし男」。昭和二十二年、もう、いません。そういう人（笑）。それが出て来るんです、小圓遊さんみたいな顔していてね（笑）。

あるときは、「波止場のマドロス」。はとバス……はとバスじゃないですよ（爆笑）。はとバスにマドロスがいる訳ないでしょう（笑）。自分で言って、自分で怒っちゃいけない（爆笑・拍手）。波止場のマドロスは、横浜だと思っていたら、東京駅の八重洲口に降りてくる（笑）。何だかよく分からないんだけど、ヘンな変装なんですね。

最後に、「あれは自分だった。これも自分だった」と、全部発表しながら、ギャングの一団に迫っていく。ギャングの一味が、全然覚えてないんです（笑）。普通、皆さんのお宅にね、昨日片目の運転手が来て、その前の日は、謎のせむし男が来て、その前の日にインドの魔術師が来たら、自分の家は何なのだろうと思うでしょ（笑）。全然気が付かない。

それで、時代劇を作っちゃいけない、つまりチャンバラが出来ませんから、脇役の人が、全部時代劇の人が、ギャング団に扮して、京都で撮影しましたから、衣装は替わりましても、あの、演技の基礎は時代劇でございます（笑）。オーバーなんですよね。進藤英太郎、阿部九洲男《くすお》、原健作、加賀邦男、香川良介、もう、ギャングってのは、だいたいこうだろうってぇんで、ダブルの背広で縦縞でね。エナメルの靴でね（笑）。皆、真夜中なのにサングラスかけちゃって（笑）。そで、カバンがあるんです、お金、札束、昔ですから百円札の束が入っている。そ の周りに集まっている。進藤英太郎なんか、オーバーでございまして、縁無しのメガネに助平そうに髭生やしちゃって、

「（進藤英太郎の口調）野郎どもぉ（笑）！　稼いだ銭がここにある！　これからお前たちに分けてやるから、皆もう少し前へ出ろぉ！」（笑）

……真夜中ですよ（笑）。シーンとしている。パトロールのお巡りさんも歩いている。朝礼やってんじゃないんです（笑）。普通リアルに演るんだったら、

「（囁き声）昨日の凌ぎの分け前を、……こしょこしょこしょ」（笑）

こんなもんですよ（笑）。

「（進藤英太郎の口調）野郎どもぉ（笑）！　稼いだ銭がぁ！」（笑）

聞こえちゃうっての（爆笑・拍手）。子分はみんなオーバーでございまして、サングラスで、ブルドックソースみたいな顔になっちゃってる（笑）。

「お頭《かしら》ぁ、何時《いつ》もお世話になりやして、ありゃぁとぉ」（笑）

変な映画なの（爆笑）。そうすると、この建物の中に、もう、片岡千恵蔵の探偵が潜入しているんです（笑）。入り口という入り口は鍵がかかっていて、用心棒が立っていて、入りようがないんです。それが、いる（笑）。いるものは、しょうがない（笑）。ボックスがあって、こっちにダンスを踊るフロアがあって、真夜中だから、灯りも暗いです。舞台があって、花道の階段の突き当たりに、片岡千恵蔵が立っております。

大きい顔の人でしたね。重役スターでね。三頭身ですよ（爆笑）。ほとんど、顔（笑）。胴体と手がちょっと付いてる（笑）。こんなもんで、胴体（どうたい）なんて言って（爆笑・拍手）。

二丁拳銃構えて立っているんです。ギャングの一味が驚きます。「ああっ!」（笑）

七回変装したのを、全部発表しながら降りてくる。長いセリフ、一人で六分ぐらい喋ってんの。その間、ギャングの一味が二十人、拳銃構えたまま聞いている（爆笑・拍手）。何だか、礼儀正しいんですよね（笑）。

「（片岡千恵蔵の口調）あるときは、片目の運転手……、あるときは、インドの魔術師（笑）、……あるときは、波止場のマドロス。あとは何だか、分からねえ（爆笑・拍手）。私立探偵、多羅尾伴内。こと、藤村大造!」（爆笑・拍手）

進藤英太郎、唾だらけになって立っていたりなんかして（笑）。ああいう、シリーズモノってのは、楽しかったですね。

で、小林旭さんで多羅尾伴内シリーズは、二作あるんですけど、ぽしゃっちゃって、ちょっとね、全然違いますから、まぁ、二代目多羅尾伴内ということで、え～、いろいろあったんですけどね。一作目は、小林旭さんも良かったんですけどね。「あるときは、ギターを抱えた渡り鳥」なんて、面白かったんですよね。残念なことをいたしましたけど、また復活してもらいたいなぁと思います。

今思い出したんですけど、昭和二十二年にもう一つ流行った歌がありましてね。『港が見える丘』って言うんです。小学校の三年生ですから、意味が分からない。

「♪　あなたと二人で来た丘は　港が見える丘　色褪せた桜唯一つ　寂しく咲いていた……」

何だか、よく分からない（笑）。だから、自分のぉ、恋人が外国人で、付き合ってたんだけど、国へ帰っちゃって仕送りが無くなっちゃったからぁ（笑）、ぼぉーっと丘の上から、「あっちがアメリカかしら」ってぇ、見てるのかなぁって思いながらね。……子供でも、結構分かってんですよ（爆笑）。この歌が名曲らしくて、カラオケバーに行きますと五十歳以上の人が得意になって唄ってますけど、とっても難しい歌なんです。昔の歌ってのは、『青い山脈』もそうですけど、前奏が長い。どっから唄い出していいのか？　分からないような（笑）、長ぁーい前奏なんですよ。『港が見える丘』、

「♪　バッカバッカパパァー（笑）　ババーバカァ　バッカバカパパァーカパァー

パパパッパパパカパパァー　アッパッカパパパパァー（笑）　ババババババババババババ　うんバうんバうんバうんバ（笑）　なっかなっかはじまらない」（爆笑）

　どっから唄っていいのか、分からないような唄なんです。これをね、「昔こういう懐かしい唄がありましたね」って、上野の鈴本で演ってたんですよ。そうしたら、前から三番目に座った二人連れのオバサンがね、カンカンに怒って帰っちゃったんです（笑）。「馬鹿《ばか》、婆《ばばあ》。馬鹿、婆」って失礼ね（爆笑）。あたしは「馬鹿、婆」って言ってんじゃない、お客様のことを、そんなことを言う訳ないでしょ（笑）？　ねっ？　そういう前奏がありましたって、「バカ、ババア」って言ってる訳じゃないんです。

「♪　馬《バ》ッ鹿《カ》、馬《バ》ッ鹿《カ》、婆《ババア》〜、婆〜、婆（笑）。アッ、馬ッ鹿、馬ッ鹿、婆ッ！」

（笑）

　言ってんね（爆笑）。だから、落語は気を付けて喋らないといけないということでございます。笑うとたくさん良いことがあります。また、いらっしゃってください。どうも、ありがとうございました。

彦六師匠の稽古

一九九六年七月二十二日　イイノホール
にっかん飛切落語会『道具屋』のまくら

どうも、お暑い中を本当にありがとうございます。

え〜、十六日、十七日、十八日と、休みをとりまして、京都の祇園祭っていうを見学に行ってまいりまして、生まれて初めて祇園祭って見たんですけど、あの、不思議なものですね。あのお祭りは、御神輿《おみこし》は出てこないんですね。ええ、で、コンチキチ、コンチキチって笛と鉦《かね》でございまして、太鼓が鳴らないんですね。え〜、江戸っ子でございますから、お祭りっていうと、やっぱり笛や太鼓っていう頭があるんですけど、御神輿が出なくって、太鼓が鳴らなくって、で、あの、大きい鉾《ほこ》っていうんですね。山鉾《やまぼこ》っていうのは、上に飾りの松とか、植物が何か付いているのを山鉾っていうんですね。で、そういうのが付いてないのを、鉾っていうんだそうですけど、それを一日中、だぁ〜らだぁ〜らだぁ〜らだぁ〜ら（笑）、引っ張って歩くお祭りでございまして。京都らしいなぁと思って、え

〜、びっくりいたしましたけど。昔、応仁の乱の後あたりに生まれたお祭りらしいですね。で、御神輿の後ろからついていた山車《だし》がですね、独立して、それだけでお祭りをやるようになったのが、祇園祭なんだそうです。

で、鱧《はも》ってぇ魚があるんですよ。あるって、あるんですけどね（笑）。穴子みたいな、鰻みたいな、何か骨っぽい魚がありまして、それが夏場たいへん美味しいってぇンで、京都はその祇園祭と、鱧なんですね。

ええ、すごい人混みでございまして、五十万人出ましてね。で、それぞれの町内の鉾が違うんですね。灯籠鉾とかね、丸鉾とか、船鉾とか、いろんなのがございまして、それを見て歩いて、楽しむ訳です。夜店もいっぱい出ておりますしね。もう、本当にたいへんでございまして、二度と行くもんかと思って（爆笑）。

で、あくる日、止せばいいのに、その鉾が出発するところを見ましてからね、嵯峨野のほうへ行って大原を巡ってきたんですけど、その日の気温は三十五・七度でございます（笑）。暑いったって、誰もいないの（笑）。渡月橋を渡りましてね、大河内山荘っていうのは、立派ですね。山ひとつ、庭園にしちゃったんですね。で、大河内傳次郎って方は、時代劇映画の主役スターだったんですけど、稼ぎを全部それに注ぎ込んで、どんな役でも引き受けて、まぁ、脇役まで演った方なんですけど、立派でございまして、祇王寺《ぎおうじ》とか他のお寺もずいぶん巡ったんですけどね、大河内山荘が一番立派でございました。大河内傳次郎資料館ってぇのが、ありましてね。ええ、どこにあるんだろうと思ったら、すぐ分かりました。声が聞こえてきたんです（笑）。
「（大河内傳次郎の口調）こりょよぃはぁ、こりょりゃぁ」（爆笑・拍手）
なんてね。ええ、まぁ、そういう訳でございまして、休みを取って旅をしてきたのは、本当に久しぶりで。ウチのカミさんと長女が喜んでくれましたけど、そのあとすぐの高座でございます。

まぁ、いろんなことがありますよね。世の中というのはね。あたくしは、もう、歳月が経つのが早いなぁって思っているのは、昭和三十六年、ええ？五十六年、三十六年ですかね（爆笑）、三十六年の三月にね、彦六師匠、当時は林家正蔵だったんですけど、正蔵師匠のところに入門いたしまして、で、ついこの間みたいに思っておりますけれど、もう、かなりの歳月が経ちまして、この間、『彦六からの手紙』という本が三一書房から出たんですけど、それを読みますとねぇ、あたくしのことも、ちょっと書いてあったりなんかいたしまして。書いてあるんですよね（笑）。

「木久蔵は、留守番を頼んだら、自分が横になって、テレビを観ている内に、疲れたらしくて、テレビも横にしていた」（笑）

なんてね。

「バカかも知れない」

なんて、書いてあるんです（爆笑）。日記に残っちゃっているんですよね（笑）。本当に弱ったものだと思いましてね。

ウチの師匠は不思議でしたよ。師匠の家に朝行って、お掃除が終わりまして、朝ご飯食べて、食器をあたくしが洗いまして、おかみさんが洗濯物を干すのを手伝ってね。もう、やることがないんです。おかみさんは、師匠と弟子が向かい合って正座しておりますから、何か始まるんだろうって、どっかへ出かけて行ってしまいます。師匠は、落語協会副会長。新しい弟子にバカにされちゃいけないって、師匠が盛んにね、貫禄をつけてました（笑）。

（黙っている彦六の所作）……（爆笑・拍手）。可笑しくってしょうがないんですけど、自分の先生ですから笑う訳にはいきません。出来るだけ視線が合わないように……（爆笑）。

若い男が自分の前でボーっとしておりますから、これは勉強させなくちゃいけないと思うらしいんです。自分のほうから言い出して、噺の稽古をつけてくれる。

「（彦六の口調）今日はぁぁ、時間があるからぁぁぁ（笑）、お前に噺の稽古をつけてやるぅぅぅ（爆笑・拍手）。後ろの茶簞笥《ちゃだんす》の小引き出しにぃぃぃ、はぁぁぁくせぇぇぇん（白扇）が（笑）、入っているから、一本出して。そうこへぇ、お座り」（笑）

「ありがとうございます。（揺れながら）どうぞ、よろしくお願いいたします」

（笑）

「（彦六の口調）お前は、揺れなくたってぇいいぃぃ（爆笑・拍手）。まぁずぅ、扇子をこうやって、前ぇぇ置いて、両手をついて丁寧にぃぃぃ、あぁぁたあぁまぁ（頭）を下げる（笑）。上げてからぁ、怖い顔しているとお客に嫌われるから、ちょっと、笑う（爆笑・拍手）。……短い噺だから、一度しか演らない。よぉぉぉく聴いて、憶えるように。

『向かいの空き地にぃい、囲いが出来たぁ』（笑）

『へぇいぇいぇい』（爆笑・拍手）

って、演ってみな」（爆笑）

「あのう、……誰が演るんですか？」（爆笑・拍手）

「（彦六の口調）おめぇと、俺しかいねぇじゃねぇか（爆笑）。手前《てめぇ》が演るんだ！」（爆笑）

「ああ、驚いた（笑）。すみません、血圧が上がりますんで、勘弁をしてください。おんなじように演れば、よろしいんですか？」（笑）

「（彦六の口調）そっくり、演るんだ」（笑）

「……そっくり？　……お願いいたします（笑）。

『向かいの空き地にぃい、囲いが出来たぁ』（爆笑）

『よかった、よかった』」（笑）

「（彦六の口調）何が『よかった、よかった（笑）？』、そんなことを教えていねぇじゃねぇか（笑）。第一、お前は可笑しいねぇ（笑）。なぁぁんで（何で）、そんなに声が震える（爆笑）？　あたしみたいに、ちゃんと喋らないとぉぉぉ（爆笑）、寄席のお客に分からない。もういっぺん演るから、よぉぉく聴いているように（笑）。
『向かいの空き地にぃぃ、囲いが出来たぁ』（笑）
『へぇいぇいぇい』（爆笑・拍手）
って、演ってみな」（爆笑）
「『向かいの空き地にぃぃ、囲いが出来たぁ』（笑）
『メエエエエエエ～』」（爆笑・拍手）
「（彦六の口調）誰が、山羊《やぎ》を演れって言った。手前なんか破門だ」（爆笑・拍手）
三十六回ぐらい破門になった覚えがありますけれども（笑）。
え～、噺の修業もたいへんでございましてね。え～、稽古のほうが全然、落語より面白いんですよね（笑）。落語になりますと、シューンとなっちゃったりいたしまして（笑）。最初、前座噺というものを教わりますが、たいがい『寿限無』

なんですね。それから、『たらちね』を演りましてね。『道具屋』演って、段々段々人数が多く登場する噺になっていくンですけども。

今日は、『道具屋』ってタイトルが出ておりまして。あの、あたくし、これ、ずっと演ってないんですよね（笑）。ええ、何だかよく覚えてないんですけどね（笑）。お客さんも分かんないんじゃないかと思ってね（爆笑）。まぁ、演りますけどね。覚悟していただきたいと思います（笑）。

あのう、バカってのも、いろいろ種類がありましてね。四十八バカ、ないしは百バカ。色気のバカがあるかと思うと、食い気のバカがいたりいたしまして。あたくしみたいに、ラーメンに夢中になってね。スペインまで行って、ラーメン屋やるようになっちゃったりいたしますけど。

スペインはダメですね。ええ、あのう、スペインの民族というのは、熱いものが食べられないんですね。温《ぬる》くしないと食べられませんから、あの、熱々のラーメンを運びましても、冷めるのを待っておりますから（笑）、一杯食べるのに二時間もかかるんです（爆笑）。全然儲からないんですけどね。

だけど、人っていうのは、その、ボーっとしているからバカだなぁっと思っちゃいけないんですね。まぁ、『笑点』の中で、あたくし、黄色い着物を着て、トボけておりますけれども、本当の姿じゃないんでございまして（爆笑・拍手）、本当は、あたくしは、社会奉仕に目覚めておりましてね。ええ、それから、国際的に戦争はどうしたら解決出来るか？　だとか（笑）、いろいろ考えているような、難しいことを、ちゃんと頭の中では思っておりますが、それを易しい言葉で言ってる訳でございまして、あのう、皆、偉い人はそうですね。

左甚五郎なんてぇ方は、普段ボーっとしていたそうですね。ところが、彫り物を彫らせますとですね、彫った竜が天に昇って行っちゃったっていうんで、生きていたっていうんですよね。大石内蔵助って人は、偉いじゃありませんか？　四十七士を引き連れて、吉良邸に討ち入りいたしましてね。皆が中で戦っているのに、表で太鼓だけ叩いていた（笑）。普通そんなことを思いつく人はいませんよ。

だから、人ってのは、バカだなぁっと思っちゃいけないんです。

「何だか、ボーっとしてるだろ？　ボーっと。ボーっとしているように見えるけどなぁ、ああいう野郎がイザってときになると、ビックリするような働きをするんだ」

なんてね、期待しておりますと、イザってときになると、もっとボーっとしちゃったりなんかいたしまして……（爆笑）。

結婚披露宴の司会

一九九七年十一月二十一日　イイノホール
にっかん飛切落語会『松竹梅』のまくら

本当にあることとって、落語みたいで可笑しいですよ（笑）。

あたくしなんかねぇ、秋に本当に嫌だったんですけど、結婚披露宴の司会頼まれて、二ヵ所ぐらい演ったんです。結婚披露宴の司会っていうと、何か華やかで良さそうなんですけど、たいへんなんですよ。二時間半、三時間半立ちっぱなしで、ずぅーっと宴の流れの交通整理するんですからね。

お料理が出て来る順序とかね。それから、ご祝辞の方の順序と、それから余興はどのくらいで演るか？　とかね。お婆さんが出て来て、トイレの場所を訊かれちゃったりなんかして（笑）。もう、司会者はたいへんなんですよ。

それから、御目出度《おめでた》いですから、縁起の悪いことは言っちゃいけないんですよ。「別れる」とか、「去る」とか、「引く」とか、「引かれる」とか、「逝く」とかね。だから、言葉を選ぶってのは本当に難しいです。

終わってね、疲労困憊《へっとへと》になっちゃうんですよね。披露（疲労）宴っていうんですよ（爆笑・拍手）。

で、打ち合わせが多いですね。ええ、そのお料理の順序と、ご祝辞の順序ってのは、ホテル側と打ち合わせをいたします。その一週間前に、新郎新婦とご両家の方に、初めてお目にかかるんですね。

「テレビの木久蔵さんは知っているけれども、ちゃんと司会を演れるかどうか（笑）、とにかく会って、頼もう」

って言うんで、天ぷら屋の二階ですとかね、中華料理の一室とか、予約《とら》れまして、そこで打ち合わせをするんですねえ。そうすると、余計なおばさんがついて来ちゃうんです（笑）。

「ちょっと、アンタ、あのさぁ、司会を演る木久蔵って、あのほら、『笑点』に出ている黄色い人なの（笑）？　あら、あの人、座布団が無いのよぉ（爆笑）。急に変なこと言うのよ、『イヤァ～ン、バカァ～ン』なんて（爆笑）。真に迫っているから、本当のバカじゃないの？　あたしね、いろんな訊きたいことがあんのよ。『圓楽（五代目）と歌丸と仲が悪いのは、どうなっているのか？』そういうこととか、座布団だってさぁ、ある人とない人とでずいぶんちぐはぐでしょ？　賞品だって本当に出ているかどうか？　訊きたいのよぉ〜。行ってもいいかしら？」

「大丈夫よ、中華料理だから（笑）。一人分ぐらいどうにでもなるから」（笑）

なんて。その余計な婆《ばばぁ》がついて来ちゃって（笑）、こんなにいっぱい色紙持って来てね、「一人ずつ、あて名書いてくれ」、「木久蔵さんは絵が上手いから、絵も入れてくれ」、「こっちは鞍馬天狗で、こっちは弁慶で」って（笑）、「武藤って、字は違います」とか、煩《うるせ》ぇったらありゃしない（爆笑）。

それから写真撮り始めちゃって、

「二人で撮りましょう」

「お店の人も全員入れてあげて、そうすると安くなるかもしれないから」（笑）

あたしでいろんなことをしちゃってね。で、途中で気がつくんですよ。新郎側のお父さんがね、紙袋からガサゴソガサゴソ、何か出し始めるんですよ。

「あっ、司会者の方、これねぇウチの倅のねぇ、小学校時代の成績なんです、スポーツは万能でございまして、野球が好きですからね。体操は5だったんですけど、あの疲れますからパタンキューでしょ？　ですから、他は、こんな水鳥（2）が泳いでいるような（笑）、こんな模様で、キレイなんですよ。ところがですね、中学校に進みましたら、先生が良い方だったたんですね。

『補習をすれば、この子は出来るようになる』

って、言うんで。一所懸命指導して下さいまして、ご覧下さい。4とか5とか、ばっかりになりまして、相変わらずスポーツ万能。で、クラス委員になりまして、え〜、学級委員長になっております」

あたくしは、そんなことどうだっていいんです（笑）。終わったら誰が、あたしにお金をくれるのか（爆笑・拍手）？　それが知りたくて、こうやっているんです。そうすると新婦のお父さんが下さるってことが分かりまして、

（ああ、このお父さんがくれるんだな）

って思って、お父さんの顔をよぉーく頭の中に刻み込みましてね。

当日になります。で、ドンドン、ドンドン進行していきますと、花束贈呈ってぇのがあるんですよね。新郎様から、新婦様の御両親様に花束贈呈。新婦様から、新郎様御両親様に花束贈呈。あのバカに豪華な花束ですけど、あれはホテル

が用意した花束でございまして、自分たちが買ってきたんじゃないんです。ですから、ドライ・アイスの中に漬けてありまして、スッと渡されたのを持って行って、両親に渡した途端取り上げられちゃうんですね。また夜に使いますから（笑）。で、夜もすぐに取り上げられちゃって、また、ドライ・アイスに漬けておきますから、三日間ぐらいね、六回転するんです（笑）。で、それを持たされまして、花束贈呈。

場内が暗くなりまして、ピンスポがあたりまして、新郎新婦が花束持って、ドアのほうに立っている新郎新婦の御両親様のところに、しずしずと進んでまいります。

一流ホテルになりますと、ここでお決まりのナレーションが入ります。やっぱり一流ホテルになりますと、お金を使っておりますから、森繁久彌さんとか、森光子さんとか、という一流の方のナレーションでございまして、

「（森繁久彌の口調）長い間、育《はぐく》んで下さいました（笑）、お父様、お母様（笑）、……本当にありがとうございました（笑）。新郎新婦、新しい旅立ちでございます。今後とも、どうぞ、よろしくご指導をお願いいたします。

♪月の砂漠を～　はるぅ～ばぁるとぉぉぉ」

って、これはね、良いほうのホテル（爆笑・拍手）。キリのほうになると、あんまり予算が無いですからね。バスガイドさんでちょっと歌の上手い人やなんかに頼んだりいたしますから、すごく癖のあるナレーションになるんですね。新郎新婦、花束を持って進んで行きます。

「（バスガイドの口調）お・待・た・せ、いたしました（笑）。只今よぉりぃ、新郎新婦によります、花・束の贈呈でございます（爆笑・拍手）。新郎新婦、進んでまいります。危ないですから、白線の内側でお待ちください」（爆笑・拍手）

花束を渡されますと、最初に泣き出すのが、その新婦様のお父さんなんですね。新婦様のお父さんは、幾ら泣いても、あたくしは構わないんですけど、懐に、あたしに渡すお金が入っている（笑）。だから、すごく嫌なんです。で、見てると、やっぱりお父さん、泣きはじめるんですね。

大きくなったお嬢さんをあらためて見て、（綺麗になったなぁ。小さい頃によく一緒に遊んでやったなぁ）って、お父さん、堪らないんです。泣きはじめる。

「ぶわぁ～！」（笑）

で、終わったらいないの、あらっ（笑）？

「あっ、すいません。あのう、新婦様のお父さんはどっかにいらっしゃいました？」

「新婦様のお父様ですか？　あ、何ですかね、大勢様の前で大きい声で泣いちゃって恥ずかしいっとおっしゃって、お帰りになりました」（爆笑）

だから、嫌だっていうんですす（笑）。

地方会館の「白鳥の湖」

一九九八年七月二十七日　イイノホール
にっかん飛切落語会『彦六伝』のまくら

え～、お暑い中本当にありがとうございます。

久しぶりのイイノホールでございます。旅行する機会がたいへん多くございまして、日本中駆けずり回っております。また、明日から長崎に行きまして、それから佐賀のほうへ行きまして、長野に行って、千葉に行ってくるんですけど、まぁ、住宅ローンが後七年残っているもんですから（笑）、お父さんとしては頑張らなくちゃいけませんです。

また、あっちこっちにたくさん、このハコものというかホールというか、会館が出来てしまいましてね。で、税金で作って十七億、二十億の建物を作る訳ですから、何か催し物をやらなくちゃいけないんです。で、そういうところの会館の館長になる方は、天下りでございまして、え～、なんていうんですかね、例えば、市役所の庶務課にいたとかね、そういう課長さんや何かが、あのう、突然館長に紙っぺら一枚で命ぜられて、就任する訳でございます。会館を預かって興行をするっていうのは、これはプロじゃなくちゃ出来ないことで、本当は勉強しなくちゃいけないんですよね。吉本興業に三年行くとかね（笑）、それから上野の鈴本に行って、アイスキャンデーを売るとかですね（笑）、木久蔵のラーメン屋さんに行くとか、そういうことをしないといけない訳なんですけど、突然なっちゃう訳ですね。そうすると、どういう催し物をやっていいのか分からないもんですから、もう、困っちゃうんです。

「どうすべぇ？」

ってことになりまして、で、やっぱり先輩の、先にオープンした建物の館長や、経営者に訊いたほうが良いってんで、日本中のホールや会館にファックスを送るんですね。

「御宅では最初、どんな催し物をお演りになりましたか？」

と、訊かれたほうもやっぱりプライドがありますから、村祭りとか、民謡なんとか踊りとか（笑）、そういうのじゃ沽券《こけん》にかかわるってぇんで、とにかく、「交響楽団を呼んだ」ってね、まぁ、書く訳ですよね。

そうすると、またぁ、館長さんがその村の幹事さんを集めて相談する訳、「ファックス送ったらぁ、あそこじゃおめぇ、『ベルリンの交響楽団呼んだ』っていうんだけど、俺のところも一つ、パァーッとやるべかぁ?」

って、ベルリン・フィルハーモニーなんてのを呼ぶことになりまして、あの、フィルハーモニーって一言で言いますけど、四十人から五十人来ちゃうんですよね。で、通訳一人って訳にはいかないんですよ。ドイツから来るんですからね。いっぺんに五十人が喋りはじめたら、通訳のしようがないんですから（笑）。やっぱり、十人に一人とか、五人に一人ぐらい通訳が必要ですし、第一、交通費がたいへんです。ベルリンから来るんですからね。あのヒットラーが自殺したところでございまして（笑）。そっから来るんです。あたくしは、三軒茶屋から来たから（笑）、ここまで三百二十円で来られたんですけど（笑）、ベルリンから来るから、もう、六十万、七十万、割引してもらって、ボロボロの飛行機に乗って来ても、五十五万とかかね。そういう金額でございます。

で、宿舎といいますか、ホテルも一流のホテルで、寝るときにはワインが、……ねえ、赤で肉食べて、野菜のときは白になって、終わってからブランデーとかって注文があります。同じことを、生意気な通訳が言うもんですから（笑）、それにも出さなくちゃいけないし、ものすごいお金がかかっちゃってね。

で、え～、寄席みたいな訳にはいきません。二千五百円とか、三千円なんて。そんな訳にいきません。ベルリン・フィルハーモニーですからね（笑）。ヒットラーが自殺したところから（笑）、来たんですから、ですから、やっぱり、一番安い席で八千円ね、高いところは一万五千円。

「一万五千円の切符刷ったけれども、どうすべぇかなぁ？」

「まぁ、とにかく、初めてだから、義理だから買ってくれるんじゃねぇかぁ？」

で、山奥のその会館の館長さんが、村中まわる訳ですよ。そうすると、村の人だって、あれは、やっぱり、素養というモノがありまして、小さいときからしょっちゅうオペラを聴いているとかね、クラシックを聴いているとかすると、「ああ、あれだ」って、行く気になりますけど、村祭りのときに太鼓の音で手拍子とって歌って、それで育ったものですから、

「ベルリン・フィルハーモニー？　何だこれぇ、食べたことねぇけど」（笑）

「食べ物じゃねぇよこれ、あのドイツから来る、あのぅ、楽士さんが演ってくれ

るんだ」

「そうかぁ、そりゃぁ、景気の良い音を出すかなぁ？」

「やぁ、時々静からしいぞ」（笑）

なんて言って、で、何だか分からないから、切符が売れないわけですよね。これ、売れないと困っちゃうわけです。赤字になっちゃって、全部税金から出すことになりますから、これはエライことになるっていうんで、

「困ったなぁ、切符売れねぇからなぁ、……ああ、そうだ。酒二合とよぅ（笑）、それと煮しめか何か折に入れて付けるべぇ」

なんて、それを付けても、まだ売れない（笑）。

「売れねぇな、切符。ベルリン・フィルハーモニーは、ダメだな、これ」

「ああ、それじゃぁ、こういうことにしよう。犠牲になって、一人が八枚とか十枚ずつ買って、まぁ、客席が舞台より少ねぇ人数だと、これ、恥ずかしいからよぉ。多めになったら、それ招待ということで、こっちがやっぺぇ」

っていうんで、もう館長さんやなんか犠牲になりまして、お金出してね。で、お酒を用意いたしまして、煮しめを用意いたしまして、

「あのう、これ、付けるから、タダだから来てくれ」

　っていうんで、

「なるべく目立たないようにあっちこっち散って、場内暗～くしておくから、チビチビ飲《や》ってくれ」（笑）

　普通酒なんか飲んじゃいけないんですからね（笑）。そんな状況で演る訳ですよ、ベルリン・フィルハーモニー。真ん中で、こう棒をかき回している人がおりまして（笑）、で、あっちが鳴ったり、こっちが鳴ったりしている。一杯飲りながら、

「何だこれぇ、さっぱり分からねぇ」（笑）

　で、全然評判が悪くて、

「ダメだ。ベルリン・フィルハーモニーっつうのはなぁ」

　で、また催《や》らなくちゃいけない訳ですよね。ええ、催事が一年に一回じゃいけないんですからね。

「今度は何やっぺ」

「踊りが良いんじゃねえの、踊り。行ったり来たりしているのを、こう、観てる

うちに時間が経っちまうからよぉ」

「そうだ、踊りにすべぇ」

ってんで、また止せばいいのに、村中にアンケートを配ったりなんかして、そうすると村の人たちも、花柳徳兵衛舞踊団とかね、本当は書きたいですけど、やっぱり、ちょっと自分のプライドがありますから、え〜、ロンドンのロイヤル(笑)、……ロイヤル王室バレエ団なんて、書いちゃうわけですよね。

「何て書いたんだ？」

「イギリスのロイヤル王室バレエ団」

「俺もそれ、観たことねぇから、それにすっぺぇ」

って、それを演るわけですね。そうすると今度はイギリスでございますよ。ねえ、ロンドンからこの間亡くなりましたお妃様の、あの、フランスで亡くなったんですけど、あの方の国から来るは、ロンドンのロイヤル・バレエ団。

で、この間、あたくしがね、三回目の催し物で行ったんです、あの、盛岡のほうにね。ええ、あそこにくりこま高原って駅があるんですよ。で、駅から四十分ぐらいの村に立派なホールがあるんです。それで、『白鳥の湖』ってあの、町や村を回るワゴン車の上に、こう、立て看板がしてあって、あたしが三回目ですから、前の公演の看板なんですね。

「『白鳥の湖』、どうでしたか？」

「おらが村の『白鳥の湖』、ダメ」（笑）

「そうですか、あのう、バレエに慣れてないから？」

「いやぁ、そうでないんだよ。この辺はよぉ、シベリアから白鳥の本物が来るだろぅ（笑）。それが、ワルさもする。冬中いるだよぉ（笑）。そんなことで『白鳥の湖』演ったって騙されねぇぞって」（爆笑）

売れなかったそうで。で、木久蔵になったんですけど、あたしになった経過もちょっと複雑でございましてね。ええ、また、あのう、バレエで赤字になっちゃったんでね。で、「どうすっぺぇ」って、

「今度は何か、一人か二人ぐらいで長い時間（笑）、何か、保《も》つのねぇかなぁ」

（笑）

で、テレビを、こう、やっぱり観ていて探る訳ですよ。で、

「（『笑点』のテーマ）♪　チャンチャカチャカチャカ　スッチャカチャン」（笑）

「(こん平の口調)チャラァァァン!」(爆笑)
「これだぁ! この馬鹿みてぇのを呼んで、一時間半演ってもらうっぺ」(爆笑)
で、急にこん平さんが売れるようになっちゃったんですけど(笑)。あの人だって、日本に一人しかいないものですからね、忙しい(笑)。
「こん平、忙しくてダメかぁ……。じゃぁ、こっちの黄色いのがよぉ(笑)、ときどき『イヤァーン、バカァーン』なんて歌ってるからよぉ(笑)、これでも良いんでねぇか?」(笑)
何て言ってね。それで、あたくしも、まぁ、忙しくなっているような次第でございまして、え〜、面白いですね。世の中というのはね。一人芸というのが、今、一番売れる職業になってしまいまして、一流のベテランの役者さんでもね、暇でしょうがないんですね。テレビドラマやなんかは、もう、ジャニーズとか、ああいう若い、何だか知らない人が大勢出ておりましてね、まぁ、ベテランは要らなくなっちゃった時代でございまして……、しっかりしないといけないと思っておりますが……。

金の着物と志ん朝さん

一九九九年九月二十一日　イイノホール
にっかん飛切落語会『鮑のし』のまくら

頭の中にピシッと入っているつもりなんですけど、三軒茶屋から電車に乗りまして、この霞が関（イイノホールの最寄り駅）というところに来るのに、永田町で乗り換えたら近いんだろうと思い込んで乗り換えましたら、桜田門から有楽町のほうへ行っちゃうんですね（笑）。また、乗りましてねぇ、戻りまして、永田町のあの長ぁーいエスカレーターを走り抜けましてね（笑）。それで表参道へ着きまして、ここへ来て、さっき着替えまして、今、こうやって休んでるんですよね（爆笑・拍手）。

すごい疲れちゃってね。一人で苦労してる訳ですけど（笑）。

一番良い着物を着て来たつもりなんですけど、これ、寄席の楽屋で見せたら、志ん朝さんが、

「芋羊羹みたいだ」（爆笑・拍手）

って言った。がっかりしちゃったんですけど。これ黄色じゃないんですよ、ゴールドでございましてて（笑）。何で、こういう色を着てるかというと、まぁ、『笑点』も黄色なんですけど（笑）、この風水というモノにあたくしは凝っておりまして、この金色のものをですね、見る方も来ている人も、お金が入るということを中国《むこう》の言い伝えでございますね。

ですから、日刊スポーツさんの飛切落語会、良いことがありますようにというんで、こういうの着て来たんですけど、そしたら遅刻しちゃいましてね（笑）。何だか、よく分からないんですけど（笑）。

もう、結婚して三十年ちょっと経ちますですねぇ。ええ、あたくしの、友達……じゃねぇや（笑）、カミさんはですね（爆笑）、下町の白山の生まれでございまして、待合（茶屋）の娘なんですよね。ですから、やっぱり、ちょっと、なんかこう、そういう意味では、普通の女の人より変わっているところがございまして、まぁ、たいへん性格が大らかで堂々としてまして、背の高い人なんですね。ええ、まぁ、あたくしが寝ていると縦に跨《また》いだり何かいたしましてね（笑）。脚が長いもんですから……。

「出世前の男を跨ぐんじゃないよ」

って言ったら、

「こっちのほうが近いから」（笑）

なんて、言ってましたけど。

彦六師匠とあたくし

二〇〇一年二月二十七日　イイノホール
にっかん飛切落語会『彦六伝』のまくら

どうもありがとうございます。大入りでございまして、ちょっと時間が延び気味でございます。あたくしがスーパースターの林家木久蔵でございます（笑）。どうぞ、よろしくおねがいします（拍手）。

え～、この会は日刊スポーツさんがずぅーっとやっててくださいまして、若手落語家が育っております。時々間に挟まらしていただいてね、お喋りしておりますけれど。やっぱり、あとからドンドン、ドンドン、巧《い》い噺家《ひと》が出て来ると、ドキッとしますですね。自分の世界を作らなくちゃっという、まぁ、作っているんですけど（笑）、もっと面白くしなくちゃってぇ、いろいろと強迫観念がございましてね。え～、自分なりに研ぎ澄まさなくちゃいけないなぁっと思うんですけど……。

あたくし、ありがたいと思うのは、あたくしの師匠、林家正蔵（八代目）でございまして、後の名を林家彦六と申しまして、師匠の実生活がたいへん面白かったんで、それをスケッチしまして、あたくしなりに仕立て上げまして、申し上げておりましたら、結構それがウケましてね。『彦六伝』という噺なんですけどね。最初は五分ぐらいだったんですよ。そのうち二十分になりまして（笑）、それからパート1、パート2って段々延びてまいりまして、いろいろ思い出してくるものでございますね。それを演っております。

あたくしが『彦六伝』を演る理由は、あたくしの師匠は、弟子や家族が知らないうちに、献体の手続きをしてしまいましてお通夜もお葬式もやってないんですよね。このまんま師匠の名前が消えちゃっちゃいけないなぁと思いました。あたくしが前座の頃から師匠の物真似を演って兄弟弟子を喜ばしておりました。で、それをそのまんま高座で演ったらどうかなって思って、まぁ、悪戯心《いたずらごころ》で演るようになりまして、そしたらそれがまぁ、お客様にはまったという訳でございまして、ありがたいと思っておりますがね。

浅草に稲荷町というところがございます。師匠は、六畳と三畳のたいへん狭い間取りの長屋に住んでおりました。四軒長屋なんですよ。まぁ、長屋は若い方はご存じないと思いますが、同じ間取りの家がくっついているんですね。ハーモニカの穴みたいなものでございまして（笑）、で、路地があって、また二軒あるという、そういうところに住んでおりました。

で、家賃が一万八百円でしたね。二階もあってね。都心ですよ、一応ね。安いと思いましたよ。で、そこに、あたくしは、家が西荻窪でして、中央線使ってね、で、神田で地下鉄に乗り換えて、朝の八時半までに師匠の家に行くんです。たいへんでしたよ、電車が混むんですよ。まぁ、今も混みますけれどもね。中央線のラッシュはすごいもんでね。

で、師匠の家に行くと、結構狭い家ですから、お掃除なんか簡単なんですよね。六畳と三畳しかないんですけど、六畳そのまんま使っている訳ではないですし、家具がいっぱいありますしね。で、猫が二匹おりまして、おかみさんが座っていて、長火鉢の前に師匠がいてね、ですから、ほとんど、お掃除っていったって、自分の周りだけ、こうやってやっとけば（笑）、何か済んじゃうんで。

で、一緒にご飯食べまして、それから食器洗って、あとは何にもやることがないんですよね。で、師匠とこうやって、長火鉢挟んで、正座して睨めっこしている（笑）。で、普通の人だったら、こっちも緊張しちゃうんですけど、ずぅっと揺れているんですよ（笑）。血圧高い方でね。（師匠の所作の真似）……（笑）、こういう人が目の前にいて御覧なさい（笑）。……面白いんだから（笑）。笑っちゃいけないんです、自分の落語の先生ですからね。

だから、モジモジ、モジモジしておりますと、まぁ、いろいろ用事を言いつけられます。最初に頼まれた用事がね、「郵便局に速達出しに行ってくれ」って。で、北稲荷町郵便局ってすぐそばにありまして、出して戻ってきたら師匠が、狭い三畳のほう、白黒のテレビ、当時は昭和三十六年ですから、白黒のテレビを観ているんです。

（何観てんのかなぁ？）っと思ったら、バスケットボールの試合を観ているんですよ。

「えっ、こんなお爺さんにバスケットボールの試合が分かるのかしら？　……ああ、そうか、最近は若いお客さんが落語を聴きに寄席に来るから、落語を分かりやすくしようってんで、落語の中にスポーツを入れようと思って研究をしている。ウチの師匠は偉いなぁ」

っと、思ってね。邪魔にならないように後ろに回ってね。一緒になってバスケットボールを観てたんです。師匠は、画面に向かって話しかけております。

「（彦六の口調）誰かが教えてやりゃぁいいじゃぁねぇかぁ……」（笑）

（誰かが教えてやりゃあいいじゃねえか）って、変なことを言ってんなぁと思って、

「師匠、あの、木久蔵です。郵便局行って戻ってまいりましたけど、どうかなさいましたか？」

「（彦六の口調）あぁぁ、おまえかい。テレビを観てみろよ。さっきから、若けぇ奴が、球を拾っちゃあ、網の中に入れてるが（笑）、底がねぇのを知らねぇんだ」（爆笑・拍手）

時間が止まってしまいました（笑）。ずいぶんバスケットボールを面白い観方をしているんですよね（笑）。そういう楽しい師匠でございました。

こんな思い出もございます。あたくしと師匠が、狭い長屋の中で、長火鉢を挟んで向かい合って座っているんですよ。で、あたしのほうから声をかけちゃいけないんです。師匠は偉いんです、落語協会副会長、浅草の平和を守る会会長なんてやって、偉いんです。あたくしは入りたての前座ですから、こっちから声をかけることは出来ない、ね？　もう、大将と初年兵が向かい合っているみたいなものです（笑）。師匠のほうから何か言い始めるんです。

「（彦六の口調）おい、木久蔵ぅぅ」

「はい」

「（彦六の口調）おめぇは、美味い焼き鳥というのは、知っているか？」

「はい、あの、え〜と、御徒町のガード下ですとか、有楽町のガード下に行くと、あの、良い匂いがしまして、安くて美味しい焼き鳥が食べられるんですよね」

「（彦六の口調）そぉゆうんじゃぁないよぉぉぉ。美味しい焼き鳥というのは、千葉の内房の、あぁぁ、富津とかあの辺だな」

「えっ？　千葉なんですか？」

「（彦六の口調）あぁぁ、そうだよ。あの辺の鶏は放し飼い。砂浜をぉぉほっつき歩いて（笑）、夜になると勝手に手前《てめえ》の鶏小屋に戻って来る。貝殻をついばんだり、虫を食ったり、滋養がまわっているからよぉく太って、美味しいなぁ」

「ああ、そうなんですか？　内房のほうなんですね？」

「（彦六の口調）その食べ方ってぇのは、知ってるか？」

「あの〜、絞めて、羽をむしって、あのう、ブツ切りにして焼くんじゃないんですか？」

「（彦六の口調）いやぁぁぁ、違うんだ。よぉく聞いておけよ。……砂浜をぼぉーっと歩いている鶏を捕まえて（笑）、砂浜に穴を掘る」（笑）

「ああ、あの、鶏を落とすんですか？」

「（彦六の口調）いやぁぁぁ、違う。鶏を埋めて、首だけ出すんだ」（笑）

「鶏の潜水艦みたいですねぇ（笑）。で、どうするんですか？」

「（彦六の口調）鶏がキョロキョロしてるから、そこへもってきて、後ろに枯れ枝とか藁を積んで焚火をする」

「背中が熱いじゃないですか？　かわいそうですね？」

「（彦六の口調）かわいそうじゃねぇんだよ、食っちゃうんだから（爆笑）。ずぅっと焚火をしていると鶏は熱い。何か液体が欲しいなぁっと思っているところへ、丼に酒を半分、醤油を半分入れたやつをすぅーっと出す（笑）。鶏は、『あぁぁ、液体が来た。ありがたい』というんで、これを全～部飲み干すなぁ」
「ああ、そうなんですか？」（笑）
「（彦六の口調）これが身体に染みて来て（笑）、あぁぁぁ、絞めてから羽をむしってね、刻んで串にして焼いて食べると、美味いなぁぁぁ」（笑）
「ああ、そうですか……。どういう味なんですか？」
「（彦六の口調）千葉の人が言ってたよ。鶏だけに、結構（ケッコー）」（爆笑・拍手）
なあんだ……、自分で小噺を作ってたらしいんですけどね（笑）。そういうことがずいぶんございましたよ（笑）。
で、今、また思い出したんですけど、食べ物の話で面白い話がいっぱいあるんですよ。お供え、お正月の、……あれは、あたくしが入門した時はもう、お弟子さんが八人ぐらいいるんですね。で、みんなでお金を出し合って、師匠のところにお供えをまぁ、寄贈いたしました。そうすると師匠はそれを神棚に載せて、くれた弟子の名前を書いた紙をぶら下げてありまして、これが風に揺れている訳です。

で、元日二日はお弟子さん、みんな来てるんですけど、そのうち来なくなるんですねぇ。あたくしは前座ですから、毎日行ってますよ。そうすると、ずっと、大きいお供えが、師匠は降ろせないから、そのまんまになっているんです。長火鉢がありまして鉄瓶がいつもチンチン沸いていて、湯気がこう上がっておりますから、お供えのお餅が何かヌルヌルになっておりまして（笑）、カビが生えちゃってね（笑）。ピンク色のようでもあるし（笑）、オレンジ色のところもあるし（笑）、紫だし（笑）、緑だし（笑）、（あーあ）と思って見てたら、

「（彦六の口調）ああ、いいところに気がついてくれた。あれを降ろして水餅にしよう」

「しよう」って言ったって、自分はやらないんです（笑）。（あーあ、余計なことしちゃったな）と思ってあたしは、後悔しながらですね、ヌルンヌルンのお餅を

降ろしまして、古新聞を敷いて、ね？　よぉーく、何といいますか、ヤットコで割れ目のとこで細かく砕きまして。割れ口もすごいんですよ。ピンク色になったり（笑）、緑になったり（笑）、……クレヨン混ぜたみたいになっちゃって（笑）。で、良く切れるナイフで、カビのところを一所懸命削っております。と、慣れない若い奴が、良く切れる刃物持って何か一所懸命やってるから、（手を切るんじゃないか？）って心配なんですね。師匠があたくしの手元をじぃーっと睨んでいる（笑）。……不思議な緊迫感が漂いますから（笑）、（何か喋らなくちゃいけないなぁ）っと思って、

「師匠、あのう、お餅にずいぶんカビが生えておりますけど、お餅ってどうしてカビが生えるんですか？」

「（彦六の口調）おまえぇぇぇ、今ぁ、あたしに何かぁぁ、尋ねたのか？」（笑）

「お餅にずいぶんカビが生えておりますけど、お餅ってどうしてカビが生えるんですか？」

「（彦六の口調）馬鹿野郎ぅぅ、早く食わねえからだぁ」（爆笑・拍手）

時間が止まってしまいまして（笑）、あたくし小学校、中学校、高校と、理科

の先生、科学の先生、いろんな先生がいらっしゃいましたが、こんなにカビの原因を（笑）、ハッキリ教えてくれた先生は（笑）、一人もいなかったんですね（爆笑・拍手）。（ああ、早く食べないとカビが生えるんだ）と、とっても感心いたしました（爆笑）。

いろいろ面白い噺があります。晩年になりましてね、まぁ、職業病じゃないんですけど、噺家ってのは膝《ひざ》をやられちゃうんです。小さん（五代目）師匠だってね、立派な上半身、太ってらっしゃいますから、やっぱり、高座はつらいんですね。楽屋では、ご自分専用の椅子で腰かけていらっしゃいます。で、ウチの師匠も八十過ぎになりましてね、膝、右の膝が痛くて、で、病院に通っていたんですよ。稲荷町の大きい交差点の角のね。有名な病院なんですよ。大正の中頃に出来た病院でね。あそこに入って、出て来た人なんか、いない（爆笑・拍手）。もちろん冗談でございます（笑）。で、院長先生と懇意ですから、そこの個室に入りまして、膝の治療してたんです。そこに四日ばかり入院したんですね。で、冬の日。お天気のいい午前中でございます。ベッドによく日があたりまし

てね、朝に院長さんが回診して来ます。まぁ、日当たりが良いですから、ウチの師匠はウットリしておりまして……、

「正蔵さん、如何です？　膝と腰の具合は如何ですか？　こういう暖かい日は、痛みがなくて身体によろしいんじゃないですか？」

「（彦六の口調）ありがとうございます。何か調子が良いようなんですけどね……、先生、お願いがあります。あたくしたちは、寄席の高座を務めてなんぼという商売でございます。こうやって病院に入ったきりですと、在庫ということになりまして、入金が一銭もありません（笑）。明日か明後日退院して、稼ぎに出かけるという訳にゃぁ、まいりませんかねぇぇ？」（笑）

「そりゃ、無理ですよ。八十何年かかって悪くしちゃった膝ですからね、腰もそうなんですよ、明日明後日治るという訳にはいきませんね。まぁ、早くて一週間、で、ゆっくり治すとしたら、一ヵ月はかかりますね」

「（彦六の口調）あぁぁぁ、そうですか」

って、がっかりしちゃってね（笑）。背中、くるっと向けて、窓の外を見ているんです。機嫌悪くなっちゃった。（しまった）と思って先生が、ご機嫌取ろうと

思って、

「正蔵師匠、五十五年間、この浅草の長屋にお住まいですよね？　あの、仲の良いお友達がたくさんいらっしゃるんじゃないですか？　こういうお天気の日は、昔のお友達をお呼びになってね、お茶飲みながら昔話なんか如何ですか？　看護婦にそう言ってください、師匠が今一番お会いになりたい方をお呼びしますから、……師匠が一番お会いになりたい方、どなたです？」

「（彦六の口調）え〜、あたしが一番会いたい人を？　呼んでくださる」

「ええ、遠慮しないで結構ですよ。看護婦が直ぐに出かけて、その方をお呼びします。師匠が今一番お会いになりたい方は、どなたです？」

「（彦六の口調）それじゃぁ、申し上げます。あたくしが今一番会いたいのは、……他の医者」（爆笑・拍手）

全部実話でございまして（笑）。面白いことがたくさんありましたね。

いろんな思い出がありますですねぇ（笑）。で、あたくしは長屋に毎日通っておりまして、前座でね。兄弟子が枝二さんという人が居てね。その上が、勢蔵さん、今の文蔵さんでございます。で、その上に、正楽さん、亡くなりました先代の紙切りの正楽さんが、小正楽って名前でね。まっ、最初は正作って名前で落語家やってたんですけど、訛りがひどいんで、「紙切りに転向しろ」って師匠の指導がありまして、紙切りの先々代の正楽さんと、それからウチの師匠のところにと一日置きに顔出していた訳ですよ。このね、正楽さんって兄弟子が傑作でしたね。すごく面白い人なんですよ。埼玉県の春日部ってとこに住んでおりまして、本当に訛りだらけでね。人はとってもいいんですけど。

お隣さんに犬がいるんですよ。……いたっていいでしょ（笑）？　長屋でございましてね、都営のタクシーの運転手さんの犬がいるんですけど、二十四時間勤務ですから、昼間いなかったり夜全然いなかったりなんかしますから、あんまり面倒見てないんです。で、可哀そうだってんでウチの師匠は、その犬の世話を始めまして、散歩に連れて行くわけですねぇ。

で、この犬が「裕次郎」って名前なんですけど、ヨタヨタなの（笑）。雑種で、こんなになっちゃって（爆笑）。犬の彦六みたいで（笑）。だって、ボウルに水を半分入れてやるでしょ？　「飲みな」って、そうすると、顔突っ込みながらね、両方の足が広がってってね（笑）、溺れちゃってんの（爆笑・拍手）。

で、その犬を師匠が散歩に連れて行ったんですが、そのうち疲れちゃったんでしょうね、弟子に「やれ」って言うんですけど、そしたら小正楽さんとあたくしが散歩をさせることになったんです。……師匠の犬じゃないですからね。隣のタクシーの運転手さんの犬なんですよ。しかも顔を合わせたって、お礼なんか言われたことがない（笑）。で、師匠は几帳面でございますから、新聞紙で紙袋を作りまして、それから使用済みの割り箸を持って、あの、犬のウンチを入れてね（笑）、袋に集めて、他の犬のも拾ったりなんかしてるんです（笑）。余計なお世話なんですよ。

で、あたしたちがやるようになったら、小正楽さんが怒りましてね、

「嫌だよ、こんな汚ねぇ犬が『裕次郎』って名前が付いていてよぉ（笑）。しかも、散歩させなくちゃいけねぇって、頭来ちゃうよね」

と、言って。ずぅーっと稲荷町から散歩させてって、上野の駅の地下をくぐりまして、それから西郷さんの上野のお山に行きましてね。あそこに鎖を、枝っぷりの細いやつに、こう、巻きまして、それから小正楽さんが犬で遊びはじめるん

ですよ。

　急な崖《ガケ》になっていて、向こうにホームが見えるところがあるんですけど、犬がボーっとしているところを後ろからボーンって押すんですね（爆笑）。そうすると、犬がずずずって崖を滑って行くんです。鎖が付いてますから、ギャンギャンって吠える（爆笑）。それを三回から五回やるんです（笑）。すると、犬が参って来ちゃってね（笑）。白目むいて倒れちゃって、びっくりいたしましてね、あたしがね。

「兄《あに》さん、たいへんですよ。犬が気ぃ失っていますよ。散歩じゃないじゃないですか。可哀そうですよ。どうするんですか？」

「大丈夫だ。犬はバカだから」（笑）

　で、浅草の駅の地下街にね、あのう、焼き鳥屋さんとかおでん屋さんがね、朝から出てるんです。旅行客をあてにして、それで煙がモウモウとしている。で、「焼き鳥買ってあげるのかなぁ」っと思ったら、そうじゃないんですね。煙の一番すごいところに、気絶した犬を置くんですよ（爆笑・拍手）。犬は嗅覚が鋭いですから、肉か何か、焦げる良い匂いがしますからね。最初、尻尾がピョーンと立ちまして（笑）、それから後ろ足から立ち上がりはじめまして、前の足も揃えましてね、こうやってキョロキョロしはじめます。

「ほぉーら、生き返った」（笑）

って言って、これを抱いて連れ戻しまして、台東区役所の前の道を歩いているうちに、もう、自分たちの師匠の家が見えてくる訳です。そうするとこれから、小正楽さんの悪戯が始まるんですよ。

「おめぇ、腹減ったろ？　ああ、なぁ？　あのなあ、エサやっからよ」

って言って、いつ間にか用意したのか、あの、スルメの足の太いやつに、キリキリっとタコ糸が縛ってありましてね、

「ほらよ」

って、やるんですよ（笑）。で、犬はお腹が空ききっておりますから、たちまち、ハッハッハァって口の中に入れます。すると、タコ糸が付いておりますから（笑）、小正楽さんがこれを引っ張りはじめる。可哀そうなのは犬ですよ。胃に収まってね、唾液で溶けはじめたやつを取り戻されちゃうから（笑）、

「アウ！　アウ！　アーウ！　アーウ！　オエッ！」（爆笑）

で、またあげるの。で、ヨレヨレになったやつを、また犬が飲み込むと、また引っ張って、

「アァァア！　アうん！」（爆笑）

まぁ、そんないろんな思い出がございますけど……。

え～、いろんなことがありましたよ。面白かったですね。あたしねぇ、すごく怒られたことがあるんですよ。何を怒られたかっていうとね、師匠とおかみさんと、あたしで、うどん食べたんです。「満留賀《まるが》」っていう近所にあるね、蕎麦屋から出前《とり》ましてね。うどん食べたんですよ。太いうどんでね、三回ぐらいすくうと、もう、みんななくなっちゃう（笑）。あと、お汁《つゆ》だけなんです。で、お汁も濃いめで良い出汁が出ていますからね、お湯入れてこれ全部飲んじゃったんですけど、師匠とおかみさんは残しているんですよ。それで、三越に手拭を誂《あつら》えに出かけちゃったんです。で、あたし気ぃ利かせて、その丼をキレイに洗って、で、蕎麦屋さんが取りに来るから、あの玄関のところに出しておいたら、師匠とおかみさんが戻ってきたんですね。

「（彦六の口調）……おい、お前（笑）。うどんのぉぉお汁《つゆ》は、どうしたぁ？」（笑）

「あのう、捨てまして、キレイに洗って、あの、おドンブリ出しておきました」

「（彦六の口調）そりゃァ、分かってんだよ。お汁は、捨てたのかぁ？」

「ええ。塩分が濃いから、毒だと思いまして捨てました」

「（彦六の口調）馬鹿野郎ぉぉぉ！　あれで夜にオジヤを作って、卵でとじようと楽しみにしてたのにぃぃぃ」（爆笑）

知らないですよ、こっちは、そんなこと（笑）。何かね、そういうことがずいぶんあるんですね、「察しろ」というところがね。

で、夏近くなりましたらですね。小朝さんの師匠の亡くなりました柳朝さんとかね、それから勢蔵さんとか、枝二さんとか、え〜、小正楽さんなんかが来てね、二階からボロッ切れみたいなものを降ろして、表へ出してみんな干してるんですよ。

何だか、黒い幕みたいなものもあるしね。何だろうこれはと思って、

「ねえ、兄さん、この屑みたいなものは、何なんですか？」

「馬鹿野郎、屑じゃないんだよ。師匠がね、怪談芝居噺ってのを演るの。これ、飾るの」

「これ、お客さんに見せるんですか？」

「これで怪談芝居噺が出来るの！」

「ああ、そうですか……、怪談というと幽霊何かが出て来るんですよね？」

「当たり前《めえ》じゃねえかよぉ。それでお客さん怖がらせて、で、帰ってもらう。ね、昔から、江戸時代から、ずっとあるんだから。ウチの師匠はそれを継いでんだよ」

「ああ、そうなんですか……。で、幽霊って、誰が演るんですか？」

「お前が演るんだよ」(笑)

あたし、入門して、青春でピカピカだったのに、幽霊演ることになった。死人の役ですよ。嫌でしたねぇ。

お面があるんですよ。あの、どんな怪談でもおんなじお面なんですよね。三遊亭圓朝って人が作った怪談噺がありまして、『真景累ヶ淵』なんてありましてね。額に瘡が赤く膨らんでてね。真っ青な顔していて、口元に血が垂れていて、こっちの眼は血走っておりましてね。ちょっと大げさなお面があるんです。で、ざんばら髪で、こうなっている。で、そのときもいきなり言われたんですね。

「(彦六の口調) おい、木久蔵。お前は、幽霊を演ったことがあるか?」(笑)

誰だって、ないですよ (笑)。ちゃんと幽霊を演った人なんてね。

「いいえ、演りませんけど……」

「(彦六の口調) 幽霊の演り方は、分かるねぇ?」(……笑)

夏になると怪談の映画観てましたからね。鈴木澄子って人のね、『怪猫からくり天井』とか、怖いのは結構観てたんですよ。入江たか子の『怪談佐賀屋敷』とかね、そういうの観てましたから、

「ハイ、知ってます」

「(彦六の口調) ちょっと、演ってみな」

「えー、こういう (幽霊の所作)」

「(彦六の口調) 馬鹿野郎ぉぉ、何を演ってるんだ?」

怒られちゃってね。正しい幽霊の演り方ってのを教わったんです。で、皆さん

方もどっかで演ることになるかも知れないから（笑）、ちょっとよく聞いて憶えていただきたいと思います。演る訳ないか（笑）。

幽霊の手は平行して、こうやって両手を出しちゃいけないんです。左手を上にたてにこう並べるんです。それで、ちょっと横になりまして、細身に見せるんです。で、上手を切ってから、下手を切れ。ドロドロドロ、ペッ（笑）。突然、パッと向くとお客さんが驚いて、ぞぉ～っとするんですね。誉められました、

「お前は、上手いねぇ。お面着けなくていいよ」（笑）

よく分からないんですけどね。で、幽霊ってのは、怪談噺の時に二体出るんですよ。客席に一体、それから高座に一体ね。で、高座はベテランというか、兄弟子の幽霊が出まして、師匠が手龕灯《てがんどう》で照らしながら後ろに、こう、下がって行きまして、その間ずっとセリフがあります。それから、この手龕灯で、客席を真っ暗にしておきまして、パッとやると、客席に潜んでいた幽霊がスッと出る訳ですね。出来れば若いお客様の隣がいいんです。若いお嬢さんは、びっくりすると大きい叫び声をあげますから、それが効果になる訳です。で、あたくしは客席のほうの幽霊だったんです。で、お面を手に持っていまして、さっきのお面を手に

持っていて、今か、今か、初めて演るんですから、ものすごく緊張しておりまして。

　お面もよく出来ておりまして、あの、こうやって被って、いちいち後ろで縛るんじゃなくて、内側に突起が出ているんです。それを、こう、銜《くわ》えると、まぁ、被ったことになるんですけど、え〜、男の弟子ばっかりで、ガサツでございますから、いちいち、これ消毒していないんです（笑）、突起をね。銜えて演り終わると、袋に入れちゃって、また来年使いますから（笑）、すごい臭いになってる（爆笑）。何だか知らない、ブルガリア・チーズかなんかの（爆笑）、これのヌルが嫌でね。それでお面持って、こうやって構えておりますと、

「（彦六の口調）そなたは豊志賀、迷うたな」

　ドロドロドロ、で、師匠が大きいセリフを張りましてですね。で、兄弟子の幽霊が、すぅーっと出てまいりまして、あたくしのほうにピカッと来ましたから、あたくしが面をパッと被りまして、スッと出て行ったらお客さんが全然怖がらないんですよ。

「これは何なんでしょうね？」

「鍾馗《しょうき》様ですかね?」

「三国志の関羽ですかね?」

って、お客が言ってんです。あたくしが慌ててお面被ったもんだから、上下逆さまに被っちゃった(爆笑・拍手)。瘡が下のほうへありまして、血が上のほうへ向けて滴っておりまして、髪の毛が全部ざんばらで下に向かって(笑)、鍾馗様に見えちゃったらしいんですけどね。

五月は手術の季節

二〇〇二年五月二十日　イイノホール
にっかん飛切落語会『五月幟』のまくら

どうもありがとうございます。

え〜、あたくしは五月になりますと、ぞぉ〜っといたしまして、二年前の五月の五日に大学病院でお腹を切りましてね。ちょうど、浅草の演芸ホールの昼のトリだったんですけど、そのちょっと前に内視鏡を飲みまして、そしたら何か、こう、「カゲがある」って言うんですね。で、内視鏡ですから、あたくしのは米粒ぐらいの奴で、ちゃんとメスも付いてますからね、それだけパッと取っちゃって消毒液を噴霧してね、で、明日からちゃんと、うどんも食べられるんじゃないかと、思っておりましたら、ちょこっとふくらんだところがあるんですけど、そこを中心にして、あの、周囲十センチを取っちゃうんですね。だから、胃を三分の二以上取っちゃう訳で入院したんですよ。

やっぱり一番上手い人が良いと思って、いろんな伝《つて》をたどりましてね（笑）。名誉教授って方を紹介していただいたんです。お会いして、何か立派な風格のある先生だったんですけど、……手が震えてんですよね（爆笑）。すごく嫌だったんです。で、こちらのほうに若い先生がいらっしゃって、三十五歳で、ベテランだっていうから、

「こちらの先生にお願いしたい」

って言って手ぇ見ると、ちゃんと止まってますから（笑）、そちらの方にすり寄って行ったんですけど、やっぱり切ったのは名誉教授でございました（笑）。

無事にね、手術がすみましたから、こうやって元気な姿で皆さんの前に出て噺も出来るんですけど、三月に、あの、引退記念パーティーってのがあったんですよ。名誉教授が引退するパーティー（笑）。直前にあたし、手術《や》れ《ら》ちゃった（爆笑・拍手）。

そこに、仙台とかね、北海道、九州から、いろんな外科の先生がいらっしゃってパーティーをおやりになって、謝辞がございました。段取りは帝国ホテルでございまして、普通と同じのパーティーなんですけど、後半がちょっと変わってましして、乾杯がありまして、それからご歓談になりまして、いろんなお店が出て

いるんですよ。模擬店でございまして、ざる蕎麦があったりね、スパゲッティがあったり、で、ケーキもあって、果物もあって、ね、それから握り寿司もちょこっとあったりなんかいたしまして、皆さんそこにお皿持って並んで、それぞれ思い思いの食べ物を取りましてねぇ。

そしたら、「眼だけ舞台の方へどうぞ」って言うんで、(何だろう)と思ったら、その、「鈴木先生、さようなら」ってビデオをやったんですけど、拡大された画面でございまして、最初白い、何か、お饅頭みたいなものが出て来たんですよ。で、(何だろうな)って思ったら、誰かのお腹なんですね(爆笑)。そこにマジックで線が引いてあってね、シュシュシュシュシュシュって執刀したメスが入って行ったんですよ。パカッて開きましてね。で、あたし、スパゲッティ持ってたんですけど(笑)、同じようなものが画面から出て来て、嫌んなっちゃって(笑)。五月になると、ぞぉーっとするんですよ。

で、大学病院って、ホールから直ぐ近くなんですけどね。結構、政府の高官の方が、ご利用になってるから、偉い先生、熟練の先生が多いんじゃないですか

ね。総理大臣が海外に行きまして、くたくたになって帰って来て、

「どっか悪いところがあるんじゃないか?」

っていうんで、内視鏡を飲んだんですよ。……総理も若い頃は、手前の銀座で水割りを飲んでいたんですよね（笑）。で、年とったら、新橋の大学病院で内視鏡飲んでんの……（笑）。

で、綿密に時間を管理している総理大臣ですから、で、手ばしっこく、早く全身診ちゃおうってんで、内視鏡を口と肛門から入れちゃったんですねぇ（爆笑）。で、故障してね、取れなくなっちゃってね（笑）。たいへんだって、大騒ぎだったんですよ、本当に。「管《くだ》が抜けない」っていって、ええ、管付いたまま、国会で答弁する訳にはいかないでしょ? これを、「管《くだ》らない」って言うんですよね（笑）、フッフッフ。


で、五月嫌なんですよ。で、あのう、まぁ、日本人になってよかったなぁと、それぞれ四季折々のね、移ろいというものがありまして。最近季節感があんまりなくなっちゃったですけど、まぁ、二月は「豆まき」ってぇのがありましてね。

「鬼は外、福はウチ」なんて。大豆の炒ったのを撒くんですね。あんまり美味しいもんじゃないですよ、戦争中、ずいぶん、代用食で食べましたけど、六十過ぎになりますと、六十粒以上食べなくちゃいけない（笑）。顎《あご》痛くなっちゃってね。ずいぶん地味な食べ物ですよ。あれで、ぶつけられると鬼が怖がったんですかね？

三月三日が桃の節句でございまして、お内裏様に、お雛様、三人官女、五人囃子なんてね。三月が近づくと昔は、美空ひばりさんがよく出て来てね。お人形を持ちましてね、

「久月のお人形」（笑）

なんて、買う人いたんですかね、あれでねぇ（笑）。

「♪ 灯りを点けましょ、ぼんやりと（笑）お花をあげましょ、ボケの花」（笑）

なんて、そんな歌はないんですけどね。『五月幟《さつきのぼり》』って噺が、地味な噺なんで、前半を面白くしている訳です（笑）。

SONY

結婚式の影武者

二〇〇五年十一月二十二日　イイノホール
にっかん飛切落語会『鮑のし』のまくら

え〜、楽屋のほうへ大入りが出まして、本当にありがとうございます。遠くからお越しの方が多いように伺いました。ごゆっくりお過ごしいただきたいと思います。スーパースターの林家木久蔵でございます（笑・拍手）。どうぞ、よろしくお願いします。

え〜、結婚というのは難しいものでございまして、しょっぱなに躓《つまず》きますと、ずっとダメですね。あたくしは、そそっかしいものですから、え〜、もう三十何年前になるんですけど、結婚式と結婚披露宴、同じ日に東京会館と帝国ホテルに行くことになりまして（笑）。東京会館のほうはあたくしが予約を取りましてね、今のおかみさんと結ばれるために場所を取ったんですけど（笑）。帝国ホテルのほうは、そのずぅーっと前から頼まれていた仕事で、結婚披露宴の司会でございまして（爆笑）。で、まぁ、自分のほうの婚礼が大事ですから、帝国ホテルのほうはお断りをして、あたくしは未だ無名でございましたから、誰でもいいやと思って、高をくくっておりましたら、帝国ホテルのほうは帝国ホテルのほうで、伝統のあるホテルなんですね。ええ、灯《あか》りがいっぱいついているんですよね（笑）。伝統（電灯）あるホテルですから（爆笑・拍手）。で、司会を頼まれた帝国ホテルに、断りに行ったんですね。

「実はあたくしの婚礼があるんで（笑）、仲間はたくさんございますから、ご紹介いたします」

って言ったら、

「冗談じゃない。献立のメニューの刷り物の中に、ちゃんと司会者の名前も刷っちゃったから、伝統のあるホテルで、ウチは時間もきちっと守っていただくホテルで、帝国（定刻）ホテルと言うんだ」（爆笑・拍手）

で、

「おたくの披露宴のほうを、どうにかしてください」

って、言われまして本当に困っちゃってね。で、まぁ、一案を浮かべまして、自分の婚礼を一時間繰り上げましてね、向こう（東京会館）を早めにやって、帝国ホテルを一時間繰り下げてもらうと二時間浮くから、その間にどうにかなるんじゃないかと思って、まぁ、スタートした訳でございます。

で、偽者の「影武者」といいますか、「髭《ひげ》もじゃ」といいますか（笑）、あの、もう一人を帝国ホテルのほうへ待機させておきまして、え〜、乾杯がございます。それから歓談がございますよ。そのあと、暫くはご祝辞はいただかないものですから、その間にどうにかなるんじゃないかと思って、紋付き袴姿でございまして、そのまんまお濠伝いに帝国ホテルのほうへ移りまして、柳家つば女《め》ってぇ人が、あたしと友達でございましたから、「頼むね！」って言って、カミさんの隣に立たしといたんですよね（爆笑）。だって、未だ無名ですから（笑）、黒紋付きで袴を落語家はみんな着ているんですから、誰が誰だか分からない（笑）。まぁ、ウチのほうの親戚はね、あとで謝ればいいし、向こうの嫁さんのほうは、嫁さんと姉と兄ぐらいしか、あたしを知らない。あとの人は知らないで来ているんですからね（笑）。まぁ、誰でもいいやと思って、置いといたんですよね。

そうしたら、その、友人の柳家つば女って人がたいへん気の小さい人でございまして、座ったり立ったりしますと、お婿さんのところに遅れて来たご来賓の方

が、ドンドン、ドンドンご祝儀を持って行って（笑）、袂がこんなに膨れちゃったんですね。それで、

「僕じゃない！　僕じゃない！」

って言いはじめまして、え～、影武者が分かっちゃいましてね（笑）。

花婿が居ないってんで、ご来賓が皆カンカンに怒って帰っちゃったんですけど、そんなような思い出と負い目がございまして、ですから、家に帰りますと、あたくしは本当に伸び伸びしていないんですね（笑）。

外にいて、こうやって座っているほうが楽なんですね（笑）。何か休んで面白いことを喋っている幸せでございまして……（爆笑）。

お酒なんか、ウチは煩《うるさ》いです。頂き物がいっぱいありますでしょう。で、あたくしは強迫観念がありましてね、もう注がれると飲んじゃうんですよね（笑）。そうすると、また注がれますから飲んじゃいますよね。だから、へべれけになってしまいますんで、「これはいけない」ということで、カミさんは、あたくしがお酒を飲み始めると、向かいに座っていろんなことを言うんです。

「お父さん、それお酒でしょ？　ね、身体がだる〜くなって来てイイ気持ちになるのは、分かるのよ。だけど、明日の仕事っていうのもあるじゃない（笑）。で、お酒で死んだ方って、ずいぶん多いわよね（爆笑）。美空ひばりでしょ？　裕次郎、勝新太郎（笑）、……みんなお酒よ。美味しい？」

美味しい訳ないじゃないですか（爆笑・拍手）。で、あたくしも考えまして、前の日から仕込んだら、これは分からないんじゃないかと思いまして、ミニチュアのウイスキー瓶を買いましてね。で、仏壇の後ろとか、歯磨きの入っている鏡の後ろとか（笑）、二階の本棚の隙間とか、いろんな所に置いておいて、夜帰って来てから、お風呂出まして、カミさんはご飯の仕度をしておりますから、その間、ウチの中をグルグルまわりながら（笑）。仏壇なんかは、パッと開けちゃうと分かりますから、

「只今、帰りました」

って、チンをいたしますと（笑）、こう仏壇の観音扉に、顔が挟まるようにして（爆笑）、吸うように飲むンです。ちょうど中の花かなんかを直しているような感じで、こう（笑）。で、本立てのところで、隠してある酒を飲む。……あの、

直《じか》というか、水割りでもなんでもないですからね、帰って来たときは鏡を見ても白い顔をしているんですよ。で、家の中をひとまわりして下りてくると、グルッと赤い顔になっちゃってね（笑）。

「あら、お父さん、どうしたの？」

って、みんな分かっちゃったりして、それから、ずぅーっと、頭が上がらないんですけど、こぼしている訳じゃないんですけど（笑）、まぁ、ここで申し上げると、あたくしがホッとするもんですからね（笑）。一応申し上げている訳でございまして……。

化学者とテレビ

二〇〇六年九月二十一日　イイノホール
にっかん飛切落語会『蛇含草』のまくら

大入りで本当にありがとうございます。スーパースターの林家木久蔵でございます（笑）。どうぞ、よろしくお願いいたします。『にっかん飛切落語会』も段々と回数を重ねて、いろいろ新人が出てまいりまして、ありがたい限りだと思っておりまして、応援させていただいております。

まぁ、あたくしは、あの、『大喜利』の番組に出て、バカなフリをしております（笑）。ああいうバカな人が居る訳ないんですけど（笑）、まぁ、役目でございますね。役割を与えられて演っている訳でございます。

最初は、演っていると、「あの人は本当はバカじゃないのよ」ということで観ていて下さった方も、もう四十一年目でございます（笑）。ずーっと観ているうちに、「本物のバカじゃないの」（爆笑）、なんてぇことになってまいりまして。

そういうことはございません。あたくしは、あの若いときは青雲のお線香を立てまして、イヤ間違いで、「青雲の志を立てた」といったたって、お線香の会社に入ろうと思った訳じゃございませんで（笑）、若いとき、あたくしが目指していたのは、化学者でございます。……化・学・者（笑）。ちゃんと勉強しておりましてね、例えば、工業高校出身でございます。東京都立中野工業高等学校食品化学工業課程……、二度と言えない学科を卒《で》ております（笑）。

就職いたしましたのは、乳業会社の新宿工場でございます。今は、もう、ございませんけれど、高田馬場の駅から歩いて五分。西武新宿線の沿線上に並んで建っていたピカピカの工場でございまして、従業員が五百人居りましてね、研究室の助手を最初務めておりました。研究室の助手でございます（笑）。見習いですから、詰め襟を着ていまして、その上から白衣を着ましてね、見習い生の名札をぶら下げております。頭は丸刈りの坊主頭でございまして、白衣を着て顕微鏡を覗いておりました。……白衣を着て、顕微鏡を覗けば、もう化学者なんです（笑）。何を覗いていたかというと、乳酸菌の扁平培養でございます。乳酸菌が扁平足で駆け出した訳じゃないんです（笑）。

乳酸菌の扁平培養。で、乳酸菌と一言で申しあげておりますが、長い名前が付いているのをご存じですか？　乳酸菌……、バチルス、ズブチルス、エーレンベリッヒ、コーン、ラクトバチルス、ズブガリスというのが、乳酸菌なんです（……笑）。……化・学・者（爆笑・拍手）。

で、乳酸菌の扁平培養というのは、どうやってやるかというと、シャーレというぺたんこな蓋の付いたガラスの器があります。そこに培養基というのは寒天でございます。寒天の汁ね。これを敷きまして、乳酸菌を植え付けまして、蓋をします。保温箱というガラスの部屋があるんです。中が高温になっておりまして、そこにこれを入れます。熱を加えますと、菌は繁殖いたします。これを五分おき、十五分おきに出して、顕微鏡で、この繁殖の状況を観測しておりました。

今は電子顕微鏡というのがありまして、あのう、カメラが付いておりますからバシャバシャやれば、この中の状況が刻々と変わっていくのが、映像でちゃぁんと写真になるんですけど、昔は、観察は観察、記録は記録、別々でございました。技術が遅れておりまして、つまり、覗いた状態をこちらに横長の台帳みたいなものがあるんですね、マルがたくさん印刷してあって、その上に時間と分と秒を書き込むようになっておりまして、そこに2Bの尖《とん》がった鉛筆が、あのう、ピースの缶々にいっぱい刺さっているんです（笑）。これで、中の模様をスケッチをいたしまして、ですからたいへんですよ。両方の目、開いてなくちゃいけないんで（笑）、目をこうやって見開いている訳（爆笑）。

で、あたくしはたいへん人間がそそっかしいんですね。……その前に、何で乳酸菌の研究開発をしていたかというと、当時はあの、牛乳はそこそこに利益はあがっていたんですが、そのヨーグルトというものが、まだ、家庭に入り込んでなかったんですね。で、もう一つの利益の柱にしようというので、会社が他の会社に追いつけ追い越せということで開発をしておりまして、……乳酸菌の研究、ヨーグルトでございますすよ。で、こうやって覗いていると、人間がそそっかしいですから、あたくしは。どれがゴミだか、乳酸菌だか（笑）、よく分からないんですね。で、じーっと観察していると、何かこのひょうたん形の小っちゃいモノがですね、○・○○○何ミクロンというモノが、産毛が生えた奴が、こう、身をよじりながら東の方向に向かって（笑）、「あぁん」なんて言って（笑）、蠢いている訳でございます。この「あぁん」、これを乳酸菌ととらえまして、絵は得意でございます。こちらに、写します、ね？　で、会社は短時間で良い菌が繁殖してくれるのを、願って研究開発をしている訳です。

観察しているのは、あたくし一人でございまして、この観た状態をこっちへ描けば良い訳で、……中の状況をそのまんま描かなくても、増やしてあげれば……（笑）、会社は喜ぶんですね（爆笑）。で、絵は得意でございますから、マルの中に乳酸菌、ジャンジャカジャンジャンジャカ、描いていって二時間後、マルの中真っ黒けにしちゃったんです（笑）。怒られちゃったの。

「急にこんなに増える訳がないでしょう」

森繁（久彌）みたいな課長でしてね（笑）。

で、持ち場が変わりましてね。あたくしは、洗ビン課というところに配属されました（笑）。洗ビン課というところは、何をするところかというと、配って空になった牛乳の空き瓶を回収して、洗うところなんです（笑）。笑うところじゃないの、洗うところなの（笑）。で、手先が消毒液で冷たくてね、嫌になって辞めちゃったんです。ですから、あたくしは化学者でございまして（笑）、人間は冷静でございますよ。

ですから、落語家っていうのは雑学を知らなくちゃいけません。何でも吸収しなくちゃいけませんから、いろんなものを見たり聞いたり、外国も行きますし、え〜、本だって他の方よりも余計に読んでなくちゃいけないし、テレビの番組も何か参考になるんじゃないかと思って、一所懸命観ておりますけれども、……（参考に）なりませんね（笑）。かえって腹が立っちゃったりなんかいたしまして。ゴールデンタイム、良い時間ですよ。しかも一時間のスペシャルで、占いのオバサンが我がもの顔でね（笑）。威張《えば》ってんの。女の大河内傳次郎みたいな顔しちゃってね（爆笑・拍手）。太ってんのに、ホソキっていうのね（爆笑・拍手）。キすごく偏った人でね、恰好良くて若い売れっ子のタレントが好きなんですよ。キレイゴトのね。タッキーなんか引き連れちゃって、要潤とかね。速水もこみちとかね（笑）。

前に、スペシャルゲストで、ジャッキー・チェンが出演したんですよ。そうしたら、若い時から好きだったらしくてね、椅子から立ち上がって、もう、ゲストの周りをグルグル回っちゃって（笑）、涎を垂らさんばかり（笑）、

「（モノマネの口調で）アナタの芸は世界を救うわよぉ～」（爆笑）
で、楽太郎（現・六代目円楽）がゲストで出たことがあるんですよ。楽太郎は理屈っぽいでしょ？　あのオバサン嫌いらしいのね（笑）。楽太郎が出て来た途端、
「（モノマネの口調で）地獄に堕ちるわよ！」（爆笑）
あの時は、いい気味でしたけどね（笑）。
あたくしが観るのは、だから、本物ですよ。え～、ドキュメントとかね。アフリカの動物の生態ですとか、クジラの親子をずぅーっと追跡したフィルムですとかね、あと、シロクマとアザラシ、あの南極北極のあっちのほうの景色、（おーっ、こういうことがあるのか）って感心しますね。
で、あたくしのところはね、テレビを買い替えたんですよ、最近。前はあるメーカーの大型の箱形の買っちゃった。場所取っちゃってね。四畳半に置いたらね、向こうの部屋に行くのたいへんなの（笑）。それでも我慢してね。高い買い物でしたから、それで観てたんですけどね、映像がサァーサァーしてきちゃって声が出ない。蹴飛ばさないと声が出ない（笑）。で、中村玉緒が綺麗に観られる

ようになっちゃって（笑）、こりゃぁダメだと思ってね。粗大ごみで出しちゃってね。今は、ビエラの薄型。大型のテレビは、良い画面ですね、早く買えばよかったと思って、立体音響ね、微粒子の映像、本当に向こうに人が居るみたいで、フォーサウンズですよ。四つのスピーカーから声が出る。最初つけたとき、びっくりしちゃった。誰か居るのかと思って（笑）。

「（テレビの声）おいおい」

「はいはいはい」（爆笑）

誰も居ないの。すごいですね。で、個人的に米倉涼子って人、好きなんですよ。ねえ？　芝居も上手いし、色っぽいじゃないですか、ああいう感じの人、好きでね。あの人がアップで出て来ると、大したもんだと思いますね、やっぱり、微粒子で分解されているのに、ピーンとお肌が張っててね、目の下にくまなんか無いですよ（笑）、色っぽい。こっち見られると、「ああっ」なんて（笑）、米倉涼子。

アップになってウットリしてると、家にハエがいるんですよ（笑）。何か、前からいるんですけど、大きいハエがね。それもねぇ、米倉涼子が好きみたいでね

（笑）、出て来て飛んで来てね、画面に止まっちゃうんです（笑）。米倉涼子の顔、（あら、ハエがたかっちゃったよ。しょうがねぇなぁ。でもまあ、ホクロだと思って我慢してればいいか）（笑）

って、観てるとね、動き始めんの（笑）。モニョモニョ、モニョモニョ（笑）。で、米倉涼子の鼻の穴の下へ来て（笑）、羽を揃えはじめるのね（笑）。で、遠くから見てるとね、米倉涼子が鼻毛の始末をちゃんとしてないで、伸び放題伸びたのが、風にそよいでいるみたいになっている（笑）。失礼しちゃうでしょ？　あのハエをどうしたらいいかということについて、今日はお集まりいただいたような訳で（笑）。

重ねて言いますが、本物が好きですね。一番観るのは、『その時歴史が動いた』。あれは勉強になりますよね。歴史っていうのは、本読んだりすると難しいんですよ、年号とか、名前とかね。ところが映像で見せてくれると、分かりやすくてエエぞー（映像）。

その時、歴史が動いた。……今の日本があるのは、いろんな昔のね、え〜、先人たちが切り開いてくれたことがあるからですよね。え〜、よく分かります。幕末なんか、漢《おとこ》の宝庫ですね。高田屋嘉兵衛ね、函館の街をね、火の海から救った人ですよね。それから、江戸城無血開城の勝海舟、西郷隆盛、徳川三百年、で、豊臣秀吉、織田信長、武田信玄、上杉謙信にね、あと源氏と平家。源平、イイですねぇ。あの鎧の映像も好きですよ。

一昨日、小遊三さんと楽屋が一緒だったんですよ。そうしたら、

「兄さんの前ですけど、あたしねぇ、あたくしは山梨出身なんですけど、実は平家なんです」

「えっ、平家。すごいねぇ。そういえば、木曽義仲って人も、木曽から出て源氏だからね。ああ、山梨の平家」

よく聞いたら、違うの。小さい時から、平屋《ひらや》で育ったの（爆笑・拍手）。平気《へいけ》な顔して言うの（笑）。人は信用できませんよ。

あと、ニュースですね、本物ね。嫌なニュースは見ないようにしているんですけど、珍しいと、つい観ちゃいますね。例えば、北朝鮮のニュースなんかありま

すよね？　ＮＨＫのニュースの中のニュースでやるんですけど、北朝鮮のニュース、国旗が最初出て来るんですよ。去年まで知らなかったの、国旗。あちらの国の国旗。青い帯が上と下、真ん中が赤い星ね。知らないから、なんでＮＨＫがビール会社のやるんだろうと思っていた（笑）。それが終わってからが面白いの。カンカンに怒った小太りのオバサンが出て来て（笑）、胸までスカート上げちゃって（笑）、ブルブル震えながらニュース読んでんのね。何だか知らないけどすげえ、怒ってんの（笑）。

「ちょん切れないハサミだ！　パンにハム、挟みだ！　カミさんに良く似たカミさんいた！　パンツのゴムに金挟みだ！　アンニョンハセヨー、金貸せよ！　部屋の端っこは、隅だ（爆笑）。靴に黒く塗るのも、墨だ！　紙に筆で書くのも墨だ！　アンニョンハシモニカ、トコ姉ちゃん、酒持って来い、スミダ！」（爆笑）

もう、あれが大好きでね。ビール持って、アハハ、アハハ（笑）、……すぐ終わっちゃうんですよ。で、いつも観ていたらオバサンが好きになっちゃってね（笑）。励ましの手紙を書いたんですよ。

「北朝鮮のニュースのオバサンへ（笑）

あんまり怒っちゃいけません。血液が酸っぱくなりますよ。人生は照る日曇る日、楽しいことを思い出して笑顔で暮らしたらどうですか？　寒いからお気を付けになって。

林家木久蔵」

って、書いて出そうと思ったんだけど、名前が分かんないのね（笑）。名前……、下にテロップが出ているんですよ、名前は、あそこに出て来るんでしょうけどね。あちらの言葉が分からない、何かカナみたいな、ローマ字みたいな、何か、「外」っていう字が多いですね（……笑）。だから、外で放送してるんじゃないですか（笑）。「外」、あと「ヨ」ってカナが、こっち向きになっている（笑）。それから、「示《しめす》」って字が逆さまになっている（笑）。それから卵みたいなものの中から、毛がウニョって出て（笑）、読めないじゃないですか？　だから北朝鮮の「スミダ、スミダ」って言ってるから、キムスミダじゃねぇかなぁと思ってね。「キムスミダおばさまへ」って書いた（笑）。出そうと思って、よく考えて止めたんです。手紙は裏に住所氏名を書くでしょ？　そんなことしたら、拉致されちゃうから（笑）。

でも、可笑しいですよね、好きになっちゃうとね。他にも出ていないかと思って探したんですよ、一所懸命。出ていました。12チャンネル、夕方の六時、NHKだと夜の十時過ぎに怒っているんですよ（笑）。で、夕方の六時だとテンションン下がっちゃってね（笑）、あんまり怒ってないの。

「ちょん切れないハサミだ。だけんども、良く切れるハサミだ（笑）。中途半端なハサミだ、将軍様、スミダ（笑）」

なんで12チャンネルに出ているのかなぁと思って、よぉく考えて分かりました。テレビのチャンネルは、1から始まって12チャンネルが端っこで、隅《すみ》だ（笑）。

今はもう、秋になりまして、え～、ずいぶんね、観光シーズンで、いろんな人が団体であっちへ行ったり、こっちへ行ったり、昨日は北海道に行っておりまして、何か言葉が変な人たちのバスだなぁと思ったら、あのう、台湾の人の団体でね。ウトナイ湖ってところに、「白鳥の見学に行くんだ」なんて言うんで、バスに乗っていましたけど。日本人とそっくりでした。それで、

「シェイ、シェイ、シェイ、シェイ」

って言ってた（笑）。最初、「先生、先生」って言っているのかと思った（笑）。そしたら、「シェイ、シェイ」なんですね。金《きん》さんとか王《わん》さんとか、そういう人が乗っているんですね。バス旅行でした。

バス旅行ってのもね、あれ、たいへんですよ。あのう、高速道路が発達いたしましたから、まっつぐのところに入りますと、クーラー利かせておりましてもね、日があたっている側に座っている方は、全然ダメです。カーテン降ろしても暑いし、カンカンに日が照っておりますから、まだ夏の名残がありますからね、カンカン照りでございます。

「ねえ、アナタぁ〜、バスの中にさぁ、サイダーかラムネ、売りに来ないかしらぁ」（笑）

「バスの中でねぇ、サイダーとかラムネ、売りに来る訳ないの、ね。だから乗るとき、『自動販売機で買おう』って言ったら、おまえが『荷物になるから、中で何とかする』なんて言うから、いけないいんじゃない。我慢しなさい、もうじき目的地に着きますから」

「『目的地に着きますから』って、さっきから二時間ぐらい我慢してんのよ。もう、我慢できないわ、あたし、ねぇ？　喉が渇いてんの、何か飲み物ぉ！」

「あのう、だいぶお困りのようですけど、氷のぶっかきでよろしかったら、私持ってますから差し上げましょうか？」

アイスボックスの中に、かいた氷を詰めた方がいらっしゃって、一ついただきまして、おかみさんが口の中に頬張りまして、

「……アナタぁ、氷のぶっかきって（ズルズルズル）、とっても冷たくて美味しいわよ。あなたも一つ、いただきなさいよ」

旦那もいただきまして、一つ口の中へ入れました。

「ねえ、アナタぁ、あの方からもう一ついただいて下さらない？」

「えー？　さっきからもう七個目だよ（笑）。あの方がご自分でお飲みになるのが無くなっちまったら、どうするんだよ」

それを聞いたアイスボックスの男が、

「……あたくしは、いくら差し上げてもよろしいんですけど、あんまり差し上げ

過ぎちゃって、あたくしのこの持っている箱の猫の死骸が（笑）、向こうまで保《も》つか、どうか」（爆笑・拍手）

うっかりしていると、ひどいものをいただいちゃったりなんかいたします（笑）。

親子でW襲名

二〇〇七年九月二十一日　鈴本演芸場
親子ダブル襲名披露興行　初日『新彦六伝』のまくら

え〜、どうも、陽気なお客様で助かっております（爆笑）。お父さんのほうの、元・木久蔵でございまして（笑）、木久扇です。今日からW襲名のスタートです。どうぞ、よろしくお願いいたします（拍手）。

本当にあっという間で、あたくしが入門いたしましたのが昭和三十六年の三月でして、ご存じのとおり八代目林家正蔵のあたくしは弟子でございます。その前が三代目三木助のところに半年ほど居りまして、師匠が病気で亡くなってしまったので、正蔵に再入門いたしまして、三木助の「木」と、それから正蔵の「蔵」をいただきまして、長く続くようにというので、木久蔵という名前で何と四十七年演ってまして、この名前をそっくり息子に渡すということについては、大変度胸のいったことでして、自分で大きくしていった名前ですから、

「アイツにやっちゃって、大丈夫かなぁ」（笑）

って、ずいぶん思った訳でございますが、やっぱり、幾つになっても我が子というのは可愛いもので、心配で心配でしょうがありません。ということで、「まぁ、いっぺんに有名にしてやろう」ということで、で、木久蔵という……（爆笑・拍手）、名前を譲ったような次第です。

あたくしの名前は公募をして、『笑点』の番組を通じまして、三万三百七十七通集まりまして、インターネットとお葉書で、三万三百七十七通でした。テレビ局というのは、一通のお葉書を六十人の意見として受け止める訳ですから、この三万三百七十七かける六十で、どのくらいの日本国民が（笑）、関心を持って下さったかが、直ぐ分る訳でございまして、え〜、……三万三百（笑）、七十七かける六十で、直ぐに答えが出る訳でございます（笑）。

……あの〜、三万、ねぇ（笑）。三百七十七かける六十でございますから、……結局、あれです、……あのぅ（笑）、……すごく大勢の方が、あのぅ（爆笑・拍手）、関心を持って下さった訳でございました。

三万通以上集まったんですけど、ロクな名前がございません（笑）。

「林家元《モト》・木久蔵」とかね（笑）。「林家木久蔵B面」ですとか（笑）。「林家木造二階建て」ね（爆笑）。「林家チャーシューワンタン麺」とか（笑）、「林家テポドン」とか（笑）。「林家将軍様」というのがありまして（笑）、そのなかで木久扇という名前が、大変気に入りまして、感性リサーチの先生に相談しました。

感性リサーチの黒川伊保子先生って方がいらっしゃるんですよ。この方が、「今年から来年にかけて、あ行が流行る」って、おっしゃるんです。あいうえおの「あ行」。で、木久扇という名前は、「お」っていう結構強い母音なんですね。で、口の中でいっぺん転がして、パッと出る音声なんで、「これはウケる」って言うんです。で、「木久蔵より文化度が上がる」って言うんですね（笑）。もしかしたら大臣に指名されるんじゃないか（笑）。で、「木久蔵」は、もう息子でいい訳でございまして、あたくしは木久扇という名前で頑張っていきたいと思っております。

あたくしが落語家になって、ありがたかったのは、八代目林家正蔵という師匠が、大変真面目な方だったんですけど、普段やっていることが、全部落語でございまして、もう、面白かったですね。

で、食べ物の話で面白い話がいっぱいあるンですよ。あのう、割合ハイカラで、朝がパン食ということもあります。で、あたくしが台所で食パンの大きい塊を良く切れる包丁で切っておりました。師匠は新聞を読みながら、
「（彦六の口調）おい、木久蔵。おめぇは、あれか？　パンの秘密というのを知ってるか？」（笑）
「えっ？　あの……（笑）、パン、パンに秘密かなんかあるんですか？　よく蜂蜜塗ったりなんかしますけど」（笑）
「（彦六の口調）そういうぅぅんじゃねぇぇんだよぉ。パンというものはどこを食えば良いか分かるか？」（笑）
「ええ、あの……、耳のとこはどうもねえ、あの美味しくないし、硬いし、やっぱり真ん中のフワフワしたところから食べたいですよね？」
「（彦六の口調）いやぁ（笑）、その考えは甘いねぇぇ（笑）、おめぇはあれか？　捕虜になったことがあるか？」（爆笑）
「えっ？　あのう、……戦後のロシアの収容所とか（笑）、あのハバロフスクとか、あの唄になってるあれですか？　いやぁー、捕虜になったことはないです」

「(彦六の口調) あぁぁ、そうかい。もしかしたらその内捕虜になることが (爆笑)、あるかも知れないから、よぉ～く憶えておくんだ、いいかい？ まず収容所で、まぁ～粗末な食パンの配給があるよ。ロシアのパンなんてぇのは真っ黒でひどかったそうで、大鋸屑《おがくず》が混じっていたという。まぁ、これは腸をよく洗って太いウンコがでるから良いかも知れないが (笑)、そんなものじゃない。そのとき、おまえが班長でパンを切っているとする」

「ええ。収容所でね。あたしが、こういうパンを切っているとします」

「(彦六の口調) そのときねぇ、耳を切って真ん中の柔らかいところを仲間にやるんだ。そうすると、

『ああ、気が利いている。美味しいところだけくれた』

『わたくしは耳を食べますから』

と言うと、

『あああ、班長の人柄は大したものだ』

人気者になれるよ (笑)。……ところが裏てぇものがあって、柔らかいところは消化が早いから、直ぐに腹が減る (笑)。耳のところは硬いから、腹持ちが良

い。だから柔らかいところを食べた奴は死んじゃって（笑）、おまえだけ生き残ると、こういう訳だ（笑）。パンの秘密を知らねえと、ひでぇ目に遭う」（爆笑・拍手）
「はあ、そうなんですか（笑）。そんなこの深い、あの、パンの秘密というものがあったんですね。あのう、じゃあ、今トースト作りますから」
あたくしが食パンの耳を取りまして、薪の束みたいになった奴をガスの火でよぉーく焼いて、山盛りにいたしまして、師匠の前にバターとジャムを添えて出したんです（笑）。じーっとその焼けたパンの耳を見ていた師匠が、
「（彦六の口調）木久蔵のバカヤロー！　俺は、捕虜じゃねぇ！」（爆笑・拍手）
本当にあったことって可笑しいんですよ、落語よりね（笑）。何かそんなこんなで歳月が経って、何時《いつ》の間にか師匠は居なくなってしまいましたけど……。

あとがき

林家木久扇

私が前座から二つ目になった昭和三十六年頃から、真打になる昭和四十八年頃にかけては、戦後空前の落語ブーム、落語家ブームで、まずはラジオから、そしてテレビへと人気が移行してゆき、落語界の若手四天王が誕生した。

いずれもわが落語協会の先輩で、若き日の春風亭柳朝、古今亭志ん朝、先代三遊亭圓楽、立川談志といった顔ぶれで、大きなホール落語会から、定席の寄席出演まで、それぞれに声のかからない日はなく、大いに将来を嘱望されていた。

私は運よく、そんな先輩達との身に余る程の接触が出来る境遇の中にいた。

春風亭柳朝師は林家正蔵門下の総領だから後輩の私を何かと可愛がって呉れた。

映画出演の機会が多い個性の強い兄弟子だったから、私は付人でよくお供して撮影現場に出掛けた。高倉健の『いれずみ突撃隊』は東映作品で、他にも『魚河岸の石松』は河津清三郎主演で築地ロケ。休憩時間に、大声で「オーイ、木久べえ！　おしぼりとお茶、オチャ！」と付人がいるんだぞとスタッフを意識して大声でさけんでいた。自分のシーンがある映画は何枚もキップを渡されて、「誰か連れてけ！」という。『いれずみ突撃隊』は六回も観せられた。そして落語は『大工調べ』『鮑のし』等教えてもらった。

古今亭志ん朝師は陽気で気前の良い先輩で、「アニさん、ＴＢＳラジオの〝青菜〟聞きましたよ！」と楽屋でつかまえると「そおォ、ありがとね、これあげるよ」とその日のワリ（給金）を袋ごと呉れた。

後に東京会館で二人会をやらせていただくことになるとは……私のことを「キクちゃん、あーたは生きる名人だね」なんてホメられたこともある。

立川談志は大恩人。

何かと私を引っぱって下さり、日本テレビ『笑点』の若手大喜利、談志マエタケの『笑待席』、やがて五十一年目の今も続く『笑点』につながるモトを作ってくれたアニさん。

キャバレーの仕事を切りひらき、漫談、謎かけ、ピンク小噺、パントマイムで酔客の爆笑をさそい、カバン持ちの私は舞台の袖で感動していた。新宿の登亭という鰻屋でよく御馳走になり、御自分はうな重の上にもう一串鰻をとってほおばり精をつけていた。

先代三遊亭圓楽師は、長年日テレ『笑点』で御一緒し、家族なみの付き合いだった気がする。二つ目時代の私が仕事のことで悩んでいる時、現代センターという事務所を紹介して下さった。

東京の吉本と言われる程のプロダクションで、所属が立川談志、三遊亭圓楽、桂歌丸、三遊亭小圓遊、医療漫談ケーシー高峰、漫才のセント・ルイス、他そうそうたるもの。おまけに『笑点』の構成作家グループもいたから、私は圓楽師のおかげで仕事が入るようになり定収入を得るようになった。

時代と運と、そして私の星が重なって現在の自分が出来上がったと思うが、何より私の選択が良かったのは、落語協会には古典落語の巧者がゾロリと揃っていて、コレハイケナイと気がつき、爆笑落語に、カジをきったのが大正解だったこと。そして私は林家三平師の領域へとふみ込んで、スーパースター林家木久扇を目指すのでした。

林家木久扇　バカの天才まくら集

2018年2月1日　初版第一刷発行

著 ……… 林家木久扇

編集人 …… 加藤威史
構　成 …… 十郎ザエモン
協　力 …… 日刊スポーツ新聞社
和田尚久
草柳俊一
トヨタアート
装　丁 …… ニシヤマツヨシ

発行人 …… 後藤明信
発行所 …… 株式会社竹書房
〒102-0072 東京都千代田区飯田橋2-7-3
電話 03-3264-1576（代表） 03-3234-6224（編集）
http://www.takeshobo.co.jp

印刷・製本 …… 凸版印刷株式会社

ISBN 978-4-8019-1355-4 C0176
Printed in JAPAN